GULA

JOHN LANCHESTER

GULA

Tradução:
VERA PEDROSA

COMPANHIA DAS LETRAS

Título original:
The debt to pleasure

O título da edição brasileira foi baseado na edição italiana do mesmo livro, a partir de sugestão do autor

Capa:
Silvia Ribeiro,
sobre *La botte d'asperges*,
de Édouard Manet

Preparação:
Marcos Luiz Fernandes

Revisão:
Carmen S. da Costa
Clara Baldrati

Dados Internacionais de Catalogação na Publicação (CIP)
(Câmara Brasileira do Livro, SP, Brasil)

Lanchester, John
Gula / John Lanchester ; tradução Vera Pedrosa. — São Paulo : Companhia das Letras, 1996.

Título original: The debt to pleasure.
ISBN 85-7164-603-1

1. Ficção inglesa I. Título.

96-3920 CDD-823.91

Índices para catálogo sistemático:

1. Ficção : Século 20 : Literatura inglesa 823.91
2. Século 20 : Ficção : Literatura inglesa 823.91

1996

EDITORA SCHWARCZ LTDA.
Rua Bandeira Paulista, 702, cj. 72
04532-002 — São Paulo — SP
Telefone: (011) 866-0801
Fax: (011) 866-0814

À memória de meu pai

Meu engenheiro alemão era muito argumentativo e fatigante.

Não admitia de jeito nenhum que era óbvio que não havia um rinoceronte no aposento.

Bertrand Russell,
carta a Ottoline Morrell

PREFÁCIO, AGRADECIMENTOS E NOTA SOBRE ESTRUTURA

Este livro não é uma compilação convencional de receitas. Faço de saída a ressalva de que nada tenho contra as coleções de receita tradicionais, organizadas de acordo com os ingredientes, sob categorias amplas e, em geral, geográficas. Encanta, na literatura culinária, a recompensa que dá à precisão. A omissão de uma única palavra ou da instrução mais simples resulta no humilhante fracasso do inocente cozinheiro doméstico. Quem não seguiu uma receita ao pé da letra apenas para encontrar, ao final, abandonada ao lado da panela de saltear, a pilha recriminatória de cebolas picadas? Um dos desastres iniciais de meu irmão, na tentativa de impressionar um infeliz ente querido, deveu-se à ausência da palavra "depenar". Retirou do forno um faisão perfeitamente assado mas com todas as penas, de aspecto terrível em sua ardente carapaça emplumada.

O livro de receitas clássico apresenta afinidades com os gêneros, que lhe são radicalmente opostos sob outros aspectos, do confessionário e da enciclopédia. De um lado, temos o mundo por categorias, diagnosticado, definido, explicado, alfabetizado; do outro, o ser íntimo desnudado, os artifícios e anedotas da história particular. As contribuições à forma são, num extremo, a prolongação do *Larousse gastronomique*, e, no outro... bem, melhor deixar o assunto à imaginação do leitor. Poderia, aqui, citar qualquer dos livros sobre os quais minha vizinha provençal, uma inglesa, aliás já falecida, costumava comentar: "Sabe, *adoro* livros de cozinha, gosto de lê-los como se fossem *romances*".

Como já disse, este não é um livro convencional de cozinha. O espírito que o preside e influencia é o da obra culinária, filosófica e autobiográfica *La physiologie du goût*, do juiz, soldado, violinista, gastrônomo, professor de línguas e filósofo Jean-Anthelme Brillat-Savarin, que figura ao lado do marquês de Sade como uma das duas grandes mentes que se confrontavam na época. Brillat-Savarin, tendo escapado por um triz de morrer durante a Revolução Francesa ("a coisa mais surpreendente que já ocorreu no mundo", de acordo com Burke), era prefeito de Belley e juiz da alta corte pós-revolucionária de Paris. As irmãs passavam dois meses de cama e assim reuniam energias para enfrentar suas visitas anuais. "Dize-me o que comes que eu te direi quem és" é certamente o seu aforismo mais célebre. Por mim, sempre dei preferência à síntese que fez de uma vida dedicada à comilança: "Cheguei à conclusão seguinte, a de que os limites do prazer ainda não são conhecidos nem estão definidos". O queijo que recebeu seu nome mudou de proprietário no início de 1970 e agora é produzido por Fromageries de Pansey na região de Champagne. Edições contemporâneas desse queijo desapontariam o leitor por sua falta de pujança.

Devo reconhecer uma fonte de inspiração mais próxima. Faz anos que as pessoas me vêm instando a registrar, em letra de fôrma, os pensamentos sobre culinária. A frase "Por que você não escreve um livro?", pronunciada em tonalidades e inflexões diversas, adquiriu qualidade de mantra, provocada, algumas vezes, por perorações minhas acerca da composição do *cassoulet* mais confiável ou da técnica vitoriana para assar porcos-espinhos na argila. Sempre resisti à idéia de publicar minha própria *physiologie du goût* porque não queria desviar a atenção de outras atividades artísticas. Mais recentemente, achei que não faria mal em trazer a público este trabalho que, sem pretender ser mais que o pó de serragem caído da mesa do mestre carpinteiro, nem por isso foi redigido de forma desleixada ou "com a mão esquerda".

Este trabalho — idéia longamente acalentada que de súbito se cristaliza — foi escrito principalmente graças à minha jovem colaboradora Laura Tavistock. Ela é de longe a mais encantadora, persuasiva e recente dentre as pessoas que se sentiram incitadas a me incitarem a executar este projeto. Se não lhe dediquei o livro é porque, a esta altura da empresa conjunta a que nos dedicamos, o gesto poderia parecer "um tanto prévio", para usar suas próprias palavras.

Falsifiquei um ou dois nomes próprios e de lugar. Por exemplo, "Mary-Theresa" e "Mitthaug" são aproximações em vez de meras identicalidades (A palavra existe? Agora, sim). St. Eustache não é St. Eustache e o Hotel Splendide não é o Hotel Splendide.

Sobre a arquitetura deste livro. Está organizado segundo os lugares e as datas em que foi redigido. Na parte final do alto verão, decidi tirar breves férias e viajar ao Sul da França, que é, como o leitor verá, minha pátria espiritual e, por vezes, por temporadas, física. Resolvi anotar as idéias sobre culinária enquanto viajava, tomando por inspiração lugares que me cercassem e eventos que presenciasse, bem como minhas recordações, sonhos e reflexões, tudo posto a fremir em fogo brando, a intercambiar sabores e essências como em uma *daube* ideal. Isso dará ao livro estrutura serendípica, ambulatória e no entanto progressiva, espero. Uma das conseqüências do partido que adotei é a de que me encontro na situação pouco usual de estar escrevendo o prefácio antes do resto da narrativa. Todos conhecem o tom *a posteriori*, cansado, autojustificativo, queixoso e apologético que os autores de prefácios compartilham com os capitães de navio quando depõem ante comissões de inquérito para explicar por que deixaram o barco encalhar.

Finalmente, decidi que, quando possível, o veículo principal das reflexões culinárias será o menu. Os menus serão organizados de acordo com as estações. Parece-me que o menu está próximo do cerne da aspiração humana à ordem, à beleza e às formas modelares. Relaciona-se aos afloramentos ctonianos subjacentes a toda arte. O menu pode incorporar a antropologia de uma cultura ou a psicologia do indivíduo. Pode ser biografia, história cultural e léxico. Fala de sociologia, psicologia e biologia, tanto do criador como da platéia. E, é claro, é indício de localização geográfica. Pode ser modo de conhecimento, caminho, inspiração, Tao, ordenamento, conformação, manifestação, talismã, injunção, memória, fantasia, consolação, alusão, ilusão, evasão, asserção, sedução, prece, chamada, encantamento murmurado *sotto voce* quando os archotes começam a baixar e a floresta a crescer e os lobos a uivar e o fogo a preparar sua submissão ante a escuridão triunfante.

Não tenho certeza de que este seria o hotel que escolheria para uma lua-de-mel. As gaivotas lá fora são mais barulhentas do que motocicletas.

Tarquin Winot
Hotel Splendide, Portsmouth

Inverno

DOIS MENUS

UM MENU DE INVERNO

Winston Churchill costumava dizer que o ideograma chinês referente à palavra "crise" compõe-se de dois caracteres que significam, em separado, "perigo" e "oportunidade".

O inverno oferece ao cozinheiro combinação semelhante de susto e sorte. A estação fria talvez seja responsável por certo embrutecimento do paladar nacional britânico e pela predileção concomitante por misturas descomedidas de doces e salgados, picles agressivos, molhos pungentes e *ketchups*. Direi mais a respeito, adiante. Mas o grande perigo do inverno é, para falar com simplicidade, a tendência a empanturrar-se. Quanto às comidas entupitivas, leitores do Norte da Europa não requerem explicações mais complexas: a terminologia do mingau e o conceito da papa recobrem um universo familiar de pratos ineptos para crianças, além das hostis gorduras saturadas e dos carboidratos mal-intencionados. (O próprio *nome* da Brown Windsor soup é genialmente sinistro.) Trata-se de um estilo de cozinha que atingiu o auge nas escolas públicas inglesas. Fui poupado dos seus horrores porque meus pais, em acertada consideração de minha natureza sensível e refinada, educaram-me empregando uma série de professores particulares. Guardo, no entanto, lembranças vívidas de uma ou outra visita a meu irmão durante seus encarceramentos em diferentes *gulags*.

Lembro-me do último desses safáris com particular clareza. Tinha onze anos de idade. Meu irmão, com dezessete, encontrava-se às vésperas da expulsão final. Residia em um colégio interno que meu pai dizia estar classificado no topo da segunda categoria. Penso que meus pais foram ao colégio na tentativa de persuadir o diretor a não expulsá-lo, ou meu irmão talvez tivesse sido premiado com alguma lúgubre distinção artística da escola. Em todo caso, levaram-nos a conhecer o estabelecimento. Um dos aspectos mais impressionantes era o dormitório em que meu irmão ficava. Aquecia-o apenas um tubo de metal cheio de calombos, pintado de preto na ignorância das leis da física ou no propósito explícito de desafiá-las para tornar o cômodo ainda mais frio. O tubo não produzia nenhum efeito sobre a temperatura ambiente, pois Bartholomew e os dezenove outros meninos, ao acordarem de manhã, encontravam muitas vezes uma camada generosa de gelo no interior das vidraças. Mas se tornava tão escaldante que qualquer contato da pele com a superfície resultava instantaneamente em queimaduras severas. Como as meias do uniforme escolar chegassem mandatoriamente à altura dos tornozelos, a probabilidade de contato da pele com o tubo era extraordinariamente alta, de forma que, segundo Bartholomew, o cheiro de pele queimada era uma constante da vida escolar.

Tínhamos sido convidados para o almoço. Uma sala de lambris comprida e de pé-direito alto, perfeitamente decente do ponto de vista arquitetônico, abrigava uma dúzia de mesas de cavalete, todas rodeadas por quantidades aparentemente excessivas de rapazes turbulentos. As paredes ostentavam retratos mal pintados, em tonalidade barrenta, de falecidos diretores. A seqüência era interrompida pela imagem mais recente, a foto em preto e branco de um sadista bonitão vestido de toga de bacharel debruada de arminho, imediatamente precedido por um quadro que dava a entender que o pintor era um cubista radical afligido por tragicômica incapacidade artística ou bem que o sr. R. B. Fenner-Crossway consistia, na realidade, em uma configuração dispéptica de rombóides de cor violeta. Ouviu-se um gongo quando entramos. Os meninos se perfilaram em silêncio lascivo e escrutador enquanto meus pais e eu, atrás da procissão errante de membros da equipe, nos dirigimos à mesa principal, situada perpendicularmente à sala. Meu irmão nos seguiu constrangido. Senti o suor a escorrer pela dobra dos joelhos. Um monitor grandote de traços arianos, a figura do perfeito rufião, prepotente e protegido dos professores, proferiu a bênção latina em meio ao silêncio geral.

Vimo-nos diante de uma refeição que o próprio Dante teria relutado em inventar. Sentei-me à frente de meus pais, entre a matrona rotunda e o assistente francês silencioso. O primeiro prato era uma sopa na qual se viam pedaços de cartilagem, desavergonhados e ostensivos, a flutuar num molho cor de lama cuja textura e temperatura pareciam fortemente sugestivos de muco. Depois, colocaram uma volumosa tigela fumegante no centro da mesa presidida pelo diretor. Este tinha papada e usava uma corrente de relógio de bolso. O diretor afundou o braço na vasilha, de onde recuperou a concha cheia de comida quente, a emitir vapor como bosta recente na manhã fria. Durante instantes terríveis pensei que fosse passar mal. Vi que estava diante de uma fatia de *soi-disant cottage pie*, de recheio cinzento e batata incolor.

"Os rapazes dão a este prato o nome de carne mistério", confidenciou alegremente a matrona. Vi o assistente pestanejar. Fora isso, não lembro e não consigo imaginar que outros assuntos teriam sido abordados. Sobre o resto da refeição (como disse o biógrafo de Swinburne a propósito da ocasião em que seu biografado se comportou mal no decorrer de um debate sobre o sistema de esgotos romanos), "que a musa da história faça baixar o véu".

***

Existe uma erótica do desprazer. Talvez se trate de "coisa física" (agradeço a uma jovem pessoa amiga a expressão muito útil). Roland Barthes comenta, em algum lugar, que qualquer relação de gostos e não-gostos deriva da circunstância de que cada um de nós possui um corpo diferente dos demais. Isso é bobagem. O desprazer significa que aquilo de que não gostamos é capaz de nos delimitar e definir, na medida em que nos isola do exterior. O desprazer separa o ser do mundo externo de forma muito mais precisa do que o poderia fazer o mero prazer banal. Nas palavras de Brillat-Savarin, "a gastronomia depende de ato de julgamento, pelo qual consagramos a preferência por aquilo de que gostamos e o destacamos daquilo de que não gostamos". Gostar de alguma coisa significa desejar ingeri-la. Nesse sentido, corresponde a uma submissão ao mundo. Gostar de alguma coisa é sucumbir, de modo menor mas satisfeito, à morte. Mas *não gostar* endurece o perímetro entre o ser interior e o mundo, ao iluminar o objeto isolado. Qualquer *não gostar* é de certa forma o triunfo da definição, da distinção e da discriminação — o triunfo da vida.

Não exagero ao dizer que a visita a meu irmão em St. Botolph (não é o nome real) foi momento decisivo na minha biografia. As banalidades humana, estética e culinária fundiram-se naquela revelação negativa de grande impacto, solidificando a suspeita nascente de que minha natureza artística me distinguia e apartava de meus alegados semelhantes: França e não Inglaterra, arte e não sociedade, separação e não imersão, dúvida e exílio e não a certeza simplória, *gigot à quarante gousses d'ail* no lugar de cordeiro assado com molho de menta. Mais ou menos como se tivesse declarado: os caminhos se bifurcaram; segui o menos trilhado e (aqui surgirá um termo importante) "é essa a diferença".

Talvez isso tudo pareça tentativa de atribuir exagerado sentido biográfico à simples ingestão de um desagradável *shepherd's pie*. Esclareço que, tendo tentado estabelecer a diferença entre *cottage pie*, feito com restos de carne de vaca, e *shepherd's pie*, feito de carneiro, abandonei a experiência porque não deu certo. Na França, essas coisas são tratadas com mais cuidado. Penso, no entanto, haver demonstrado a importância da atitude positiva no que tange à dieta do inverno. O inverno deve ser visto pelo cozinheiro como oportunidade de comprovar, por meio da arte culinária, seu domínio do equilíbrio, da harmonia e da capacidade de identificação com as estações; de expressar a concordância profunda de sua individualidade com os ritmos da natureza. As papilas gustativas devem ser despertadas, seduzidas e provocadas. O menu oferecido a seguir mostra como isso pode ser feito. Os sabores que enfeixa possuem uma certa característica de intensidade que atende aos meses do ano em que nossas papilas gustativas parecem estar acolchoadas.

Blinis com creme azedo e caviar
Irish stew (cozido irlandês)
Rei dos Pudins

Dos muitos pratos existentes feitos à base de massas, panquecas e *waffles* — *crêpes* e *galettes*, *krumkakor*, *sockerstruvor* e *plättar* suecos, *tattoriblinit* finlandeses, *äggväffla* genéricos da Escandinávia, *brigidini* italianos, *gaufrettes* belgas, *nalesniki* poloneses, pudins de Yorkshire —, prefiro os blinis. Os blinis, membros singularizados da família feliz das panquecas, distinguem-se pelo fato de serem grossos (em vez de finos), de não serem dobrados (ao contrário de dobrados) e de crescerem mediante o uso da levedura (e não do bicarbonato de sódio); são russos e, como a panqueca bretã, elaborados com trigo-sarraceno e não com farinha de trigo. O trigo-sarraceno não é cereal, mas fagópiro.

Assim, não cai sob a proteção da deusa Ceres, divindade romana que presidia a agricultura. Na festa de Ceres, ninguém sabe por que, havia uma cerimônia estranhamente evocativa durante a qual soltavam no Circo Máximo raposas com o rabo em chamas. Equivalente grega de Ceres era a deusa Demeter, mãe de Perséfone. Em homenagem a Demeter, organizaram-se os mistérios eleusinos, que celebravam a ocasião em que a deusa foi obrigada a revelar sua divindade para explicar por que havia colocado o filho do rei Celeu na fogueira. O momento, até para uma deusa, deve ter sido genuinamente constrangedor e difícil.

Blinis. Peneire cem gramas de farinha de trigo-sarraceno; misture com quinze gramas de fermento (dissolvido em água morna) e 1/2 xícara de leite morno; deixe repousar por quinze minutos. Misture, à parte, mais cem gramas de farinha de trigo com 1 xícara de leite, adicione duas gemas, uma colher de chá de açúcar, uma colher de sopa de manteiga derretida e uma pitada de sal; junte as duas misturas e bata. Deixe descansar uma hora. Acrescente duas claras de ovo batidas. Correto. Agora, aqueça uma frigideira de ferro pesada, designada em ambas as línguas clássicas por *placenta.* Todos sabem que a placenta não é a membrana ou película que envolve o feto no útero. Nascer envolto na película, como aconteceu comigo, é sinal tradicional de boa sorte. Confere clarividência e imuniza contra a morte por afogamento. Marinheiros supersticiosos compravam a preço de ouro membranas preservadas. Freud nasceu empelicado, assim como o herói de seu romance favorito, David Copperfield. Quando, em uma família, há mais de um irmão, um dos quais nasceu empelicado, a nítida diferença entre os dois, em termos de sorte, encanto e talento, e o fato de que um deles veio ao mundo na membrana protetora podem ser dolorosa evidência e motivo de inveja e raiva, particularmente quando a dádiva do nascimento vem acompanhada de dons superiores em matéria pessoal e de talento artístico. Mas é preciso lembrar que, se não é agradável tornar-se objeto de tais sentimentos, pior e mais degradante é ser seu sujeito. Alegar que seu irmão de cinco anos o empurrou do abrigo na árvore, por exemplo, tendo provocado a conseqüente fratura do seu braço, quando na verdade você caiu ao tentar subir ainda mais para melhor descortinar o quarto da babá, constitui maneira desprezível de se vingar do fato de que aquele mesmo irmão mais moço conquistou a mesma babá ao desenhar-lhe o retrato com cinco traços decididos de tinta digital e depois timidamente entregar-lhe a obra, encabeçada por um poema traçado em pastel amarelo como dedicatória:

Isto é para você, Mary-T.,/ minha única beleza.

Quando a panela começar a fumegar, acrescente bocados da massa, tendo em mente que cada bocado se transformará em blinis quando crescer. As quantidades indicadas são suficientes para seis pessoas. Vire os blinis quando começarem a surgir bolhas na superfície da massa frita.

Sirva as panquecas com creme azedo e caviar. O creme azedo é fácil e direto. Se você requer conselhos ou orientação a respeito, só posso dizer que é uma lástima. O caviar, a ova limpa e salgada do esturjão, vem a ser mais complexo. Thorstein Veblen, o sociólogo que surpreendentemente não era alemão, mas nascido em Wisconsin, formulou teoria para argüir que os bens alcançam valores superiores na proporção direta de sua escassez percebida, e não de seu mérito ou interesse intrínsecos. Em outras palavras, se Marmite fosse tão escasso como caviar, seria igualmente valorizado? Está claro que a resposta está embutida na pergunta. Sabemos que, nas comunidades inglesas expatriadas, bens como Marmite e feijões em lata alcançam status de divisa. Meu irmão, quando vivia na proximidade de Arles, ganhou, no jogo de pôquer, de um ator que se havia retirado para especializar-se no comércio de artigos para expatriados nostálgicos, o equivalente a um ano de suprimentos de biscoitos digestivos de chocolate. Nos doze meses que se seguiram, adquiriu meia dúzia de quilos que nunca conseguiu perder. No âmago dessa questão, para não complicar o tema, está a indagação sobre o verdadeiro valor do caviar: merece ou não os preços que alcança? Em resposta, aponto para a magia do esturjão, produtor de ovas delicadas, raras, exóticas e caras, um dos animais mais antigos do planeta, existente há mais de cem milhões de anos em conformação semelhante à atual. O peixe alcança mais de três metros e meio de comprimento e apanha alimento no leito do mar com o focinho; ao comer caviar, você participa de justaposição misteriosa do requinte e do atavismo. E, é claro, desova de quebra um montão de dinheiro. Gradua-se o caviar de acordo com o tamanho dos grãos, que, por sua vez, variam segundo as dimensões do peixe de que são extraídos. O *beluga* é o maior, depois vem o *ossetra*, depois o *sevruga*. O *ossetra*, cujos grãos abarcam um espectro de cores que variam da tonalidade do navio de guerra sujo à do girassol abafado, é a ova de minha predileção. Parte do caviar de maior envergadura leva a designação de *malassol*, que significa: "ligeiramente salgado".

Não é muito bem conhecido o processo pelo qual se aplica o nível adequado de sal ao caviar do Volga. O mestre provador — tipo vigoroso e rude há de ser, também, com seu boné tricotado, o olhar brilhante e o punhal na bota — põe um único grão na boca e lhe dá voltas ao palato. Aplica seu cabedal de experiência e talento, misticamente requintado, à tarefa de determinar a quantidade de sal a ser adicionada à ova do esturjão. São terríveis, dos pontos de vista gastronômico e econômico (daí o punhal), as conseqüências de qualquer imprecisão. O processo é análogo àquele pelo qual um artista — e não falo apenas de mim mesmo — julga a qualidade de uma obra de arte com velocidade aparentemente instantânea, como se os atos de apreensão visual e de apreciação crítica fossem simultâneos, ou como se o juízo precedesse, de maneira infinitesimal, o encontro com o objeto. É como um paradoxo da física quântica, ou um sonho de narrativa complexa, a expandir-se com desembaraço pelo tempo e pelo espaço e a envolver inúmeras fragmentações de pessoa e de coisa — o parente falecido que é ao mesmo tempo uma trombeta, um vôo aéreo para a Argentina que é também a memória da primeira experiência sexual, o revólver cujo tiro pela culatra vem a ser uma peruca — antes de chegar ao clímax aterrorizante, configurado pelo ruído de uma sirene em Londres a anunciar o iminente detonar da catástrofe nuclear, um som que se resolve no acontecimento doméstico banal mas imensamente tranqüilizante, no qual, de certa maneira, está desde o início compreendida a totalidade da história precedente, ou seja, o trilar feliz de um despertador, ou a chegada do carteiro de estimação a carregar, desajeitadamente, um pacote demasiado volumoso.

Os jogadores de xadrez às vezes comem caviar para consumir rapidamente quantidades consideráveis de proteínas de fácil digestão, sem arcar com os efeitos estupefacientes de uma refeição completa. O caviar é excelente alimento para o inverno. Não é encontrado nas barcaças que fazem, como esta, a travessia do canal, muito embora sob certos aspectos possa ser considerado o alimento ideal para um piquenique no meio da viagem. Um bar de caviar deliciosamente vulgar está localizado no terminal 4 do aeroporto de Heathrow, bem perto da miniatura do Harrod's.

A química do fermento não foi completamente decifrada pela ciência. Isto eu considero sinal de que persistem mistérios, em certos recantos do universo, que ainda se nos afiguram opacos. Para mim, o fermento, talvez em função da conexão ou não-conexão com Demeter (já que o budismo nos ensina que a não-conexão pode ser uma forma superior de conexão), associa-se irreversivelmente à idéia de mistério. Confesso meu prazer ao constatar que, se não podemos decifrar o mistério do fermento, é porque ainda existem resquícios poéticos no mundo, que parece, muitas vezes, completamente exaurido e esgotado pelo excesso de exposição. Sempre detestei que me chamem de gênio. Fico fascinado quando vejo que as pessoas, rápidas na percepção dessa aversão, evitam o termo na minha presença.

Com acréscimos liberais de creme azedo e caviar, a receita acima constitui entrada para seis pessoas, desde que se sirvam alguns blinis por comensal. Talvez eu já o tenha dito. Não faz sentido construir a refeição inteira em torno dos blinis, a não ser que você tenha a intenção de passar o dia todo na taiga, a jactar-se de conquistas amorosas femininas e a dar tiros nos ursos.

Não há complicações com relação ao cozido irlandês, que nem por isso é menos saboroso. Associa-se sempre, na minha lembrança (coração, paladar), à babá Mary-Theresa, nascida em Cork e criada em Skiberren. Ela foi um dos poucos pontos fixos de uma infância cuja década inicial se mostrou decididamente itinerante. Os negócios de meu pai mantinham-no sempre em viagens e andanças; a profissão pregressa de minha mãe, o teatro, lhe havia legado o gosto da viagem e a saudade dos traslados. Gostava de viver não tanto a partir de malas como de baús, e das residências que montava emanava a sensação de se tratarem não de casas, mas de sua *ilusão*, de cenários teatrais a descrever ambientes domésticos impregnados de uma atmosfera de segurança. Lembro de um biombo chinês de laca e de um gato egípcio ereto, magro e maligno, esculpido no ônix. Tudo isso era maneira de dizer "Vamos fazer de conta". Minha mãe preferiria, penso, ter considerado a maternidade apenas outra forma de representação; mas foi como se o papel de ponta muito divertido se tivesse horrivelmente prolongado, e a projetada experiência (o rei Lear na pele de um magnata cervejeiro senil, Cordélia de patins) de repente se transformasse na *Ratoeira*, deixando minha mãe prisioneira do personagem andrajoso que inicialmente consentira em personificar por mera gentileza para com o pobre diretor. Para dizê-lo com outras palavras, a maternidade lhe parecia análoga aos papéis que são impostos aos atores passados do apogeu, ou de físico excêntrico, obrigados a se especializar em certos *tipos*. Ela era irônica, distraída e sofria de autocompadecimento. Dava a entender que, já que o melhor da vida se havia dissipado, consentiria em assumir *esse* papel. Examinava nossas unhas ou nos levava ao circo com o ar de quem bravamente esconde um prognóstico médico desfavorável: *as crianças não podem saber*. Mas havia também a maneira pública de desempenhar o papel de mãe como se fosse uma atriz muito, *muito* distinta, presa ao cair da noite no interior da Austrália (o trem descarrilou ao atropelar um pequeno canguru ou em conseqüência de uma enchente), obrigada a buscar refúgio no povoado onde, descobre-o entre encantada e apreensiva, os pioneiros malvestidos vinham havia semanas preparando o espetáculo de *Hamlet* a ser montado nessa mesma noite, iluminado por geradores eólios. Reconhecem a forasteira (por meio da foto estampada no recorte desbotado brandido por um admirador gago), e lhe pedem que desempenhe um, não, *o* papel principal; ela, delicadamente, se recusa; os locais, angustiados, insistem; ela, como convém, capitula, mas estabelece a condição de que fará o personagem menor e mais inesperado, digamos, o coveiro. E aí se desempenha com tal fervor e perícia que, décadas depois, os filhos do elenco original ainda discutem o ocorrido, sentados em suas cadeiras de balanço nas varandas das casas, a verem passar o único trem do dia recortado contra o céu ocre e as sombras desmesuradas do entardecer no deserto. Era esse o espírito com que minha mãe *fazia* a maternidade. Representar seu filho durante esses episódios públicos era ser edificado, exaltado, eleito o preferido do destino. Se isso a faz parecer um pesadelo ambulante, como me disseram há pouco, é porque omito a maneira pela qual nos conduzia ao conluio com sua representação, e que nos deixava grande liberdade de manobra. Parte de nossa personalidade era por ela chamada a personificar um dos papéis da produção de turno, dueto ou conjunto, Brecht ou Pinter, Ibsen ou Stoppard ou Ésquilo; considerável espaço emocional permanecia vazio, graças à sua falta essencial e libertadora de interesse.

Minha mãe, portanto, não se perturbava com viagens nem com a condição itinerante. Menos mal, porque estas constituíam aspectos fundamentais da vida de negócios de meu pai. Desfrutei, portanto, de uma infância móvel, na qual os ritos de passagem foram geográfica e temporalmente singulares. Em algum lugar, conservo um álbum de fotografias maltratado, encadernado em couro vermelho, no qual existe uma foto em que estou de mãos dadas com minha mãe; fito a câmera com expressão de incontido triunfo; visto as primeiras calças compridas. A proliferação de mastros ao fundo não me fornece pista definitiva. Cowes? Portofino? Looe oriental? Em outra foto, estou na frente do apartamento de janelas elevadas e de difícil calefação que ainda possuo em Bayswater, onde meu pai forneceu o primeiro reflexo externo da luz vocacional que eu sentia acender-se em mim; tomou uma aquarela pintada naquela tarde (mimosas de estufa e lavanda seca em uma jarra de vidro) e comentou: "Sabe, acho que o rapaz tem talento". A lembrança me remete ao cheiro do parquê que me acostumei a cavucar com os dedos, nas tardes desocupadas, menos pelo prazer do vandalismo que pelo perfume forte e magicamente reconfortador da resina pegajosa que unia os tacos retangulares. Quando um taco se desprendia, por mais cuidadosamente que o recolocasse, nunca voltava a parecer o mesmo. O desenho do piso foi concebido de modo a alinhar cubos de quatro tacos nos cantos da sala na forma de um diamante achatado. Tinha ar de coisa passível de interpretação, com significado cabalístico. Parecia que, se você olhasse por tempo suficiente e de forma concentrada, o chão acabaria por revelar algum sinal, alguma pista. Ou então me lembro do apartamento em Paris, perto da rue d'Assas no 6ème, marcado vivamente como o local que abrigou o primeiro encontro com a morte: um hamster chamado Hercule, que havia sido entregue aos cuidados de meu irmão pelo neto da sinistra *concièrge*, durante a visita anual do mês de agosto a parentes na Normandia. Meu pai vestiu gravata preta quando desceu para dar-lhes a notícia.

Naqueles primeiros anos, Mary-Theresa foi presença constante, primeiro como babá e depois como empregada para todo o serviço. Cozinhar não era fato central de sua presença entre nós, mas de vez em quando aventurava-se pela cozinha, nas ocasiões não tão infreqüentes em que algum dos empregados para tal serviço — uma fila dostoievskiana de patifes, sonhadores, bêbados, visionários, chatos e embusteiros, cada um à sua maneira e de forma própria — se ausentasse. É verdade que ela já *havia* deixado nosso serviço em uma dessas ocasiões, a mais memorável, quando Mitthaug, o cozinheiro norueguês atipicamente falador e otimista, cujo talento especial eram os picles, deixou de comparecer em tempo de preparar um jantar importante por ter sido (conforme se soube depois) atropelado por um trem.

Nessas ocasiões, Mary-Theresa se revestia de determinação cerimoniosa e envergava o avental de franja azul reservado para aquele tipo de emergência. Adentrava resolutamente a cozinha, de onde surgia trazendo um daqueles pratos que, depois de extensos debates familiares, havia sido treinada a realizar: torta de peixe, omelete, galinha assada e pudim de carne e rim; às vezes preparava a sua *spécialité*, o cozido irlandês. Em conseqüência, o aroma desse prato tornou-se tema unificador das locações disparatadas de minha formação, elemento de ligação a unir diversos sítios em uma narrativa consistente, individualizada e recordada, à maneira da ação de ligar, suprida em várias receitas por creme, manteiga, araruta, *beurre manié*, sangue, amêndoas pulverizadas (expediente inglês tradicional que não deve ser desprezado), ou, como na receita que estou a ponto de transcrever, pela mais dissolúvel das duas diferentes espécies de batata. Quando foi preciso despedir Mary-Theresa, senti falta do cheiro e do sabor desse prato.

Junte os ingredientes. Reconheço que as autoridades divergem quanto ao corte de carne que se deve usar neste prato. Já li pelo menos três fontes que preferem, respectivamente, "perna de carneiro desossada ou restos de carne de carneiro assada", "parte central do pescoço do carneiro" e "melhor parte das costelas próximas ao pescoço". Opino que qualquer desses cortes é aceitável num preparado basicamente camponês (falo da origem e não do sabor). O cordeiro é evidentemente mais saboroso que o carneiro, embora praticamente impossível de obter. Havia um açougueiro perto de nossa casa em Norfolk que vendia cordeiro, mas ele morreu. No que respeita à preferência de alguns por cortes desossados no cozido irlandês, só posso dizer que Mary-Theresa insistia na variedade óssea, em razão de seu gosto mais marcado e da tentadora sugestão gelatinosa fornecida pelo tutano. Um quilo e meio de carneiro; pescoço ou meio do pescoço ou perna, de preferência com o osso. Setecentos gramas de batatas firmes: Bishop ou Pentland Javelin se você estiver utilizando variedades britânicas, se não, pergunte ao verdureiro. Setecentos gramas de batatas farinhentas, destinadas a se dissolverem como dito acima. Na Inglaterra, use Maris Piper ou King Edward. Ou pergunte. Havia um excelente verdureiro na esquina da rue Cassette com a rue Chevalier no 6ème, mas acho que já não está ali. A ciência também ainda não forneceu explicação da diferença entre as batatas farinhentas e as cerosas. Se o leitor estiver encontrando dificuldade em identificar o tipo de batata com que está lidando, deve imergi-la em solução contendo uma parte de sal para onze de água. As batatas farinhentas vão ao fundo. Setecentos gramas de cebolas fatiadas. Uma seleção de temperos a gosto: orégano, tomilho, louro e manjericão. Duas colheres de chá, se estiver usando ervas secas. Sal. Corte o carneiro em costeletas e obtenha caçarola do tamanho certo. Descasque as batatas, cortando-as em fatias grossas. Disponha os ingredientes em camadas como segue: batatas duras; cebolas; carne de carneiro; batatas moles; cebolas; carneiro; vá repetindo e termine com uma camada espessa das duas batatas mescladas. Polvilhe cada camada com sal e as ervas. Como é evidente, você não poderá seguir esta última instrução se não tiver antes lido a receita do princípio ao fim. Que isso lhe sirva de lição. Deixe gotear água fria nos interstícios entre carne e vegetais, para que se insinue até a superfície. Tampe. Cozinhe por três horas no forno a gás, com o marcador no ponto 2. Você verá que as batatas moles se dissolvem no líquido do cozimento. Receita para seis estivadores. Sua pureza ideológica é comovedora.

A grande distinção filosófica entre os diversos cozidos reside no fato de que certos preparados recebem alguma modalidade de cozimento inicial e outros não. O cozido irlandês é o paladino dos ensopados do último tipo. Outros membros da família incluem o *hotpot* de Lancashire, que se distingue do primeiro apenas pelo acréscimo opcional de rins e pelo fato de que, nas fases mais recentes da culinária britânica, é dourado sem tampar. A similaridade entre os dois é testemunho das afinidades culturais entre o Lancashire e a Irlanda. Foi em Manchester que meu pai "descobriu" Mary-Theresa a trabalhar em uma "fábrica de graxa para sapatos", como dizia, mas a verdade é que o colega dele foi quem a contratou em antecipação ao parto da esposa, apenas para despedi-la ao se dar conta de que a mulher passava por uma gravidez imaginária. O carneiro fervido é primo desses preparados, subestimado mas excelente quando ingerido com seu acompanhamento imemorial ("O epicurista sente a barra quando o cordeiro vem sem alcaparra": Ogden Nash). É de se levar em conta também o consistente *backenoff* germano-alsaciano, que contém cordeiro, porco, carne de vaca e batatas; a tranqüila *blanquette de veau*, virgem de alouramento inicial, mas engrossada no último momento com creme de leite; e, é claro, as clássicas *daubes, à la Provençale* e *à l'avignonaise*. Na França, o nome genérico desse tipo de ensopado — cozido a partir da temperatura ambiente — é *daube*, em homenagem à *daubière*, recipiente de pescoço estreito e barrigudo como um Buda.

No outro filão do cozido, em cujo sub-reino estariam o *sauté* e a *braise*, submetem-se os ingredientes a cozimento inicial a alta temperatura, de modo a produzir o processo de engrossamento e ligadura (nos casos em que se utilize farinha ou outro agente) e a encorajar o intercâmbio preliminar de sabores. Foi Huckleberry Finn quem disse: "Num barril cheio de restos e miudezas, é diferente; as coisas se misturam e os sucos como que se permutam e tudo fica melhor". Note-se que o cozimento prévio não "sela os sucos", ou coisa que o valha — a ciência demonstra que nada disso ocorre. Tal noção errônea certamente deriva da circunstância de que quando se doura um alimento ao fogo o queimado produz sabor agradável ao paladar. Ensopados desse tipo incluem o cozido inglês de carne de vaca, temido com toda a razão, e a encervejada *carbonnade flamande* belga; as *gibelottes*, *matelotes* e *estouffades* das províncias francesas; *navarin* de cordeiro novo e vegetais frescos, com sua maliciosa conotação de infanticídio; os *tagines* condimentados e avivados com *harissa* da África; o cálido *broufado* dos barqueiros do Ródano; o *boeuf à la gardiane* amado dos vaqueiros da Camargue, cuja atividade lhe deu o nome; os rústicos lugares-comuns internacionais que são o *coq-au-vin* e o *gulyas*; bife stroganoff de preparo tão fácil, tão conveniente para servir aos visitantes inesperados; todos os tipos de *ragoût* e *ragù*; *stufatino alla Romana*; *stufado di manzo* do Norte da Itália; *estofat de bou* da altiva Catalunha. Poderia continuar. Repare na diferença entre os feitos que notabilizam os aristocratas franceses — o corte de filé do visconde de Chateaubriand, o molho do marquês de Bechamel — e as invenções pelas quais a Inglaterra homenageia suas eminências falecidas: o cardigã, o *wellington*, o sanduíche.

Uma autoridade escreve que, "se a alma da *daube* reside na unidade, na fusão de quantidades individualizadas em uma personalidade comum, o *sauté* compreende a interação entre entidades, cada uma ciosa de seu próprio sabor e textura, reunidas sob o véu do molho". Muito bem dito. Atente-se para a circunstância de que, nos Estados Unidos da América, "salada" suplantou "crisol das raças" como metáfora favorecida para descrever a assimilação de imigrantes. Alega-se que a fórmula mais antiga representava a perda da identidade cultural original. Em outras palavras, o crisol era visto como *sauté*, mas passou a ser entendido como *daube*.

A escolha que fiz de pudim é mais controvertida. O Rei dos Pudins, consideravelmente menos difícil de realizar do que pode parecer, constitui sobremesa apropriada para o inverno. Mary-Theresa sempre a servia depois do cozido irlandês. Tornou-se o primeiro prato que aprendi a fazer por minha conta. Farelo de pão, cento e cinqüenta gramas. Uma colher de sopa de açúcar com baunilha; cinqüenta e cinco gramas de manteiga e a casca ralada de um limão; duas xícaras de leite quente; deixe esfriar; acrescentam-se, batendo, cinco gemas; despeja-se a mistura em uma fôrma untada rasa para assar até começar a coagular. Passe cuidadosamente duas colheres de sopa de sua geléia favorita por cima. Prefere morangos ou groselhas? Não importa. Agora, com o chicote, bata quatro claras em neve em uma tigela de cobre. Junte açúcar e bata mais. Junte um total de cem gramas de açúcar com o movimento especial de pulso de quem está fazendo girar o dial de um rádio muito grande. Espalhe as claras sobre a geléia. Polvilhe com um pouquinho mais de açúcar e ponha para assar por um quarto de hora. Uma das decepções que a sobremesa acarreta vem a ser a quase impossibilidade de mencioná-la sem repetir artigos, o que tanto irritava Flaubert. Mas um dos encantos do Rei dos Pudins (viu!) está na exploração que faz de todas as possibilidades de transformação mágica do ovo. De um lado, a incorporação de ar nas proteínas coagulantes das claras — as claras que endurecem e crescem até alcançar quase oito vezes o volume original, como no *soufflé* e seus congêneres. Do outro, a coagulação das proteínas das gemas — como no creme inglês, na maionese, na *hollandaise* e em todas as variações destes. Lembre-se sempre de que os molhos clássicos da cozinha francesa devem ser abordados com respeito mas sem medo.

A primeira vez que preparei o Rei dos Pudins foi na cozinha comprida e estreita de nosso apartamento de Paris. O aperto lateral quase insuportável daquela espécie de armário (pois na verdade não passava disso) era compensado ou superado pelo sistema engenhoso de compartimentos escamoteáveis para guardar louça e utensílios. Havia uma despensa atrás desse cômodo, da qual Mary-Theresa surgia de rosto corado, a carregar desajeitadamente o botijão de gás, como uma fazendeira lutando com o peso do latão de leite. Insistia em instalar um botijão cheio cada vez que começava a cozinhar, como conseqüência de um episódio anterior. Na ocasião, o botijão havia esvaziado em meio à confecção de um cozido, o que a obrigou a substituí-lo em pleno processo de cozimento. Ao fazê-lo, cometeu algum equívoco técnico que provocou uma explosão, deixando-a por uns tempos sem sobrancelhas. Sabia-se da existência de um duende naquela cozinha, responsável pelo esvaziamento de botijões que em toda lógica deviam estar cheios. O gás tendia a acabar no decurso dos feitos culinários mais complicados. Meu pai disse uma vez que, para acabar com o gás, bastava pronunciar a palavra *koulibiac*.

"Está na hora de começar a aprender a cozinhar", declarou Mary-Theresa, ao entregar-me um implemento de metal e me segurar pela mão para que juntos ensaiássemos o gesto de bater as claras, usando para tanto, no princípio, o braço inteiro e, em seguida, isolando cada movimento relevante do pulso. Experimentei pela primeira vez a sensação, divinamente reconfortante, do arame do chicote a bater contra o cobre, amaciado pela camada interveniente de ovo. O som tem efeito oposto ao de unhas que arranham um quadro-negro ou de blocos de poliestireno esfregados um contra o outro. Alguém tem idéia da função evolucionária servida por esse reflexo tão poderoso e bem desenvolvido? Memória genética de quê? Das garras de um tigre de dentes de sabre a aproximar-se da caverna na pedreira? De mamutes peludos de hálito pesado e ameaçadoramente colmilhosos a arranhar a terra gelada antes do estouro da manada?

Minha mãe, estranhamente, foi quem mais se contrariou com a revelação da criminalidade de Mary-Theresa. Digo "estranhamente" porque no relacionamento delas ocorriam fricções semelhantes às que costumam afetar o contato entre empregado e empregador, acrescidas de elementos da guerra eterna e não declarada, como todas as batalhas mais ferozes, entre os bem-dotados e os medíocres, o velho e o moço, o baixinho e os demais e também entre a beleza e a falta de graça, outra dimensão do conflito, agravada pelo fato de que o aspecto de Mary-Theresa, de pele ligeiramente granulosa, com poros dilatados, rosto ovóide e a solenidade lenta dos que respiram naturalmente pela boca, parecia contraponto perfeitamente calibrado, destinado a ressaltar a beleza jacintina de minha mãe, cujas pestanas eram longas e delicadas como as de um menino e cuja coloração sutil contrastava com o corado demasiado robusto da compleição camponesa da empregada. O olhar expressivo e *farouche* de minha mãe — a quem mais de um admirador balbuciou, confuso, a confissão de que nunca havia entendido o sentido da expressão "olhar de lince" antes de conhecê-la — ficava em evidência diante da ingenuidade exoftálmica de Mary-Theresa, cujo ar de desamparo lhe atraía maus-tratos. Havia também aquela tensão de tipo misterioso e insuscetível de classificação, mas imediatamente perceptível, presente e indecifrável como uma discussão em língua estrangeira, que tende a ocorrer entre mulheres "que não se dão bem". Aparecia na frieza *ad feminam* com que minha mãe se dirigia a Mary-Theresa para dar-lhe instruções e fazer reprimendas, bem como no rosto de Mary-Theresa, de quem se ouvia apenas um ligeiro guincho e se via a mímica da relutância quando obedecia aos ucasses de minha mãe, sem deixar de insinuar, com sua atitude, que havia um fundo quase ilimitado de capricho, irracionalidade e ignorância dos preceitos básicos da ciência doméstica por parte da castelã alongada em sua *chaise-longue* (estou talvez parafraseando ligeiramente). Tais elementos contrastavam também com a maneira como Mary-Theresa lidava com os que minha mãe chamaria de "meninos", a saber, meu pai (que nunca foi infantilizado, nem mesmo nas fotos da juventude em que vestia *blazer*, tiradas na idade em que as pessoas ainda não costumam sentir-se sem-graça diante de uma câmera), meu irmão e eu. Mary-Theresa tratava-nos com familiaridade descontraída e direta, na qual minha mãe, cujo instrumental perceptivo era mais afinado que o nosso, creio eu, via traços de coqueteria. Alguma obra de arte terá exibido título mais apropriado que o de *Mulheres, cuidado com as mulheres*?

Certos intercâmbios denunciavam — ou não — esses sentimentos. Transcritos na íntegra, decorreriam da seguinte maneira:

MÃE: Mary-Theresa, você poderia fazer o favor de mudar a água das flores?

MARY-THERESA: Sim, senhora.

— cortados pela chama viva da psicologia humana, a permeá-los como a andorinha que atravessou voando o corredor, na história de Bede. Há uma erótica do desgostar. De qualquer maneira, apesar de tudo, minha mãe reagiu muito mal aos acontecimentos. Tiveram início em uma fria manhã de abril. Minha mãe estava diante do espelho.

"Querido, você viu meus brincos?"

Eram de rotina frases desse teor, dirigidas em geral a meu pai mas também distraidamente, às vezes, a meu irmão e a mim, no nosso caso, sentíamos, mais por representarmos o gênero masculino do que pelo fato de sermos substitutos da figura paterna. Meu pai se encontrava no quarto de vestir ligado ao dormitório deles, ocupado com as tarefas misteriosas da indumentária masculina, tão mais evoluídas e sofisticadas do que o mero escovar joelhos, pentear cabelos e esticar meias a que meu irmão e eu nos submetíamos diariamente. Barbeava-se com uma tigela e jarra de água quente, recolhida da torneira barulhenta e depois levada para o vestiário adjacente, a fim de deixar espaço ao drama completo e à complexidade da *toilette* de minha mãe. Passava água-de-colônia, ajustava a gravata, emplastava os cabelos, colocava as abotoaduras e escovava o colarinho.

Os brincos em questão eram um par de esmeraldas solitárias engastadas em círculos de ouro branco, notáveis em minha opinião pela qualidade incomum de serem vulgares sem ostentação. Tinham sido presente de uma figura misteriosa da juventude de minha mãe, apaixonado herdeiro de uma família de industriais dos Midlands. Percebi, em versões captadas ao acaso, em frases como "este clima me faz lembrar de alguém de que gostei muito" e "sempre os uso nesta data, de significado especial para uma pessoa a respeito da qual prefiro não falar", que o doador se recusou a receber os brincos de volta quando ela os quis devolver. O rapaz fugiu para juntar-se à Legião Estrangeira e só foi encontrado pela família em Paris, hospitalizado, porque comeu (no decorrer da ceia que deveria corresponder à última noite em liberdade) uma *moule* infectada. Mais tarde, foi sagrado cavaleiro e condecorado em reconhecimento dos serviços prestados à indústria, antes de morrer em um acidente de avioneta no Caribe. Os amontoados brilhantes de mariscos nas grandes *brasseries* de Paris asseme lham-se a certos políticos que conseguem impressionar, sem necessariamente merecer confiança.

"Que brincos?"

"Não, querido, *mamam* está ocupada" — isto dirigido a mim —, "as esmeraldas."

"Não de manhã."

"Não as ia pôr, meu bem, estava procurando a caixa."

"Você tentou a caixa?"

A qualidade formulatória, litânica de tais intercâmbios era talvez perceptível nesse tipo de resposta de meu pai.

"Está *claro* que não os pretendia usar agora, não sou *idiota*", replicava ela.

Foi um choque, especialmente para minha mãe, a descoberta dos brincos escondidos sob o colchão de Mary-Theresa no tradicional quarto de sótão da *bonne*. Os *gendarmes* encontraram a jóia de estimação. Meu pai os havia chamado como reação à insistência de minha mãe, em parte por espírito de exausta retaliação, ou então para comprovar que, *não te disse*, se tratava de histeria, ou mesmo no desejo *après-moi-le-déluge* de desistir e deixar que acontecesse o pior, mas não sei que *pior* imaginava pudesse acontecer, penso que acreditava ou bem que as esmeraldas surgiriam de algum lugar onde tivessem sido irrefutavelmente deixadas, perto do tubo de pasta de dentes ou no forro de alguma poltrona, por exemplo, ou então que teriam sido roubadas pela *concièrge*, uma viúva francesa *du troisième âge* particularmente rígida, sobre a qual ele havia comentado ser difícil conceber como teria sido o marido de mme. Dupont, uma vez admitindo que as circunstâncias eliminavam a hipótese de se tratar do dr. Crippen. Acredito que meu pai tenha subestimado a seriedade dos franceses em matéria de patrimônio e dinheiro. O jovem *gendarme* a quem havia fornecido as informações iniciais, enquanto preenchia um formulário extraordinariamente complexo, sentiu-se genuína e profundamente afetado ao tomar conhecimento do valor do objeto perdido e veio nos visitar no dia seguinte, bem-parecido e amável, com seu *quepe* na mão, à frente do peito, num gesto que parecia o de um escolar a desculpar-se pelo atraso. O policial muito claro, cujos cabelos eram da cor de linho como os de certos normandos, tinha a aparência e os modos de uma pessoa demasiado bem-nascida para exercer aquelas funções. Seria o filho mais moço de um *vicomte* a cumprir um ou dois anos de serviço obrigatório (a expressão *noblesse oblige* não sendo, em francês, acidental) antes de ser alçado a posto prestigioso de gabinete no *apparat*, onde ficaria pousado para atingir o topo. Fechou-se logo na sala de estar com minha mãe, que mandou vir chá. Depois, antes de iniciar sua busca, conversou com meu irmão e comigo, no princípio juntos, em presença de minha mãe e, depois, separados. Esse arranjo e a saída perfumada de minha mãe, que se afastou sorridente a olhar de relance para trás com ares tranqüilizadores de mãe perfeita, haviam sido acertados entre os dois em silêncio cúmplice que, em outro contexto, poderia interpretar-se como arriscadamente adúltero. A ocasião era tão mais opressora quanto se tinha a sensação de que a suspeita de roubo, uma vez arejada, havia tomado vida própria e que a alegação, vocalizada, se tivesse tornado, como o magnésio, de combustão espontânea em contato com o oxigênio. O que de fato ocorreu, embora, como acontece freqüentemente com os dramas de adultos que se desenvolvem na frente das crianças, as primeiras cenas permanecessem ocultas, fora do palco, perceptíveis apenas nas distorções que afetaram nosso dia. Estas começaram quando, depois de demoradas perambulações pela casa enquanto esperávamos na sala de estar com Mary-Theresa e minha mãe (meu irmão como sempre às voltas com um quadro de cavalete e eu a ler, me lembro por acaso, *Le petit prince*), o *gendarme* voltou e, evitando cuidadosamente todos os olhares, indagou de minha mãe se lhe podia falar à parte por um momento.

Sou agora levado a admitir que sinto considerável alívio. Não há emoção mais poderosa. Estas meditações sobre comidas de inverno foram escritas, conforme o atestou a nota introdutória, no meio do verão, no início das minhas "férias". Registro estas palavras como quem exibe o coelhinho branco, afastando a cortina com a bravura de uma assistente feminina que escapou de ser serrada ao meio. Para revelar toda a verdade, estive ditando estas reflexões a bordo de uma barca durante a travessia regularmente tormentosa entre Portsmouth e St. Malo, um translado que reconheço ser de duração frustrantemente média, à diferença do pulo de uma hora até Calais, que dá tempo apenas para uma xícara de café ruim, para as palavras cruzadas e para uma ou duas voltas ao tombadilho, ou das viagens, que tomam um dia inteiro, entre Newcastle e Gotemburgo ou entre Harwich e Bremerhaven, que pelo menos acenam para a verdadeira navegação marítima. Portsmouth—St. Malo tem porém a vantagem de nos depositar em uma das cidades portuárias francesas mais satisfatórias ou menos insatisfatórias. O título é reconhecidamente pouco competitivo. Calais é indizível e em Boulogne planejadores urbanos completaram a destruição iniciada com o bombardeio aliado. Dieppe implica o embarque, impensável, em Newhaven, Roscoff é uma aldeia de pescadores e Ostende fica na Bélgica. Com a ajuda do ditafone japonês sedutoramente miniaturizado, venho murmurando denúncias contra a culinária inglesa, sentado na cantina *self-service* entre pedaços de bacon passados pelo forno microondas e ovos congelados. Falei de nosso velho apartamento em Bayswater enquanto via passar um portentoso superpetroleiro panamenho; enfrentei a travessia do grupo de pessoas amontoadas em volta do vídeo ao mesmo tempo em que procurava recordar se Mary-Theresa usava geléia ou conservas em seu Rei dos Pudins, até que me lembrei, ao tropeçar em uma mochila displicentemente largada sobre o piso ao lado do *bureau de change*, de que ela de fato usava geléia mas insistia em que fosse peneirada, refinamento que o leitor não terá tardado em observar que omiti. Toda memória acusa um grau de perda; somos exilados de nosso passado. Assim, ao erguer os olhos de um livro, nos redescobrimos banidos dos mundos luminosos da imaginação e da fantasia. A travessia do canal, com cinzeiros repletos e crianças que vomitam, constitui ocasião tão adequada como outra qualquer para meditar no anjo que se antepõe, com a espada em chamas, ao pórtico que nos separa de todos os nossos passados.

O brilho do mar estival torna-se tolerável graças aos óculos escuros (cuja marca você seguramente não desconhecerá) que comprei há pouco. A brisa de hoje está um ou dois graus abaixo da temperatura a que se teria direito, mas o calor desacostumado do chapéu de feltro que estou usando ameniza o frio. Levo o chapéu com as abas abaixadas e o cordão de queixo desatado. Sinto agora necessidade de dar uma volta, esticar as pernas e respirar fundo o ar marinho, sem me importar com a ligeira coceira provocada pelo bigode falso.

OUTRO MENU DE INVERNO

Estações e períodos do ano podem ser intensamente evocadores de determinados lugares. Talvez isso seja mais aparente na primavera, que suscita lembranças associadas a determinados momentos da juventude, em particular o do desabrochar sexual, no qual o indivíduo se sente emergir da infância permeado de desejos preconscientes e pulsões difusas, espelhadas na aliciante doçura do ar, assim como no desdobramento frutificante e despreocupado e nas inflorescências e afloramentos despudoradamente sugestivos da própria natureza. Tais recrudescências arrastam consigo, como bagagem, a marca da explosão primitiva, a memória da paisagem sobre a qual se depositaram alguma vez *les neiges d'antan*. Uma jovem com quem tive o prazer de conversar, há pouco, confidenciou-me que o início da primavera sempre a levava de volta à caminhada que fazia, beirando um canal, quando regressava da escola ao entardecer: a quietude da água, prenhe do verão; os mosquitos; os juncos que retinham o calor; a passagem, muito ocasional, de um barco recém-pintado em sua faiscante libré; o banco onde soube que receberia o primeiro beijo. E dizer que isso tudo se passou em Derby.

O perfume do ar da primavera, para mim, é mais textura que propriamente fragrância. Sente-se a atmosfera como coisa quase palpável, mas há um cheiro, ainda assim, das coisas que pairam acima do limiar da percepção sensível e abaixo do nível em que se pode nomear o percebido, tal como certas crianças, entre as quais me incluía, conseguem ouvir a leve tintinabulação produzida pelo movimento browniano das moléculas do ar, uma aptidão que se perde quando os ossos do crânio e do tímpano se espessam, na idade adulta, perda irrecuperável e intransponível, perda de algo que nunca se poderá restaurar ou duplicar ou reencontrar; capacidade perdida tão logo se deixa de ser apto a ouvir o movimento browniano, perdida para sempre, a sobreviver apenas como rastro de um ruído fantasma, de sons demasiado delicados e finos para pertencerem ao real, a perturbarem a percepção pela memória de algo que já não se pode perceber. Pois, de modo semelhante, o odor da primavera está mergulhado na memória abaixo do nomeável e do definível. É o perfume da possibilidade, da iminência e da imanência. O sentido quase sexual de possibilidade renascente transporta-me de volta à França, quando da primeira viagem desacompanhada, aos dezoito anos. Devolve-me o perfume de ervas selvagens dominado pelo tomilho, o avesso prateado das folhas das oliveiras a oscilarem na brisa, o brilho, como de matéria plástica, dos limões recém-colhidos, a textura de um caminho de seixos sentida através da sola das alpargatas; as noites em que se dorme coberto apenas por um lençol, sob a lua imensa e próxima. No verão mais adiantado, o olfato se aguça nos dois extremos do dia, antes ou depois do calor opressivo da tarde: o crepúsculo traz em seu lastro não apenas o renovar da atividade e da ocupação humana, mas a expansão física e espacial que acompanha o arrefecimento do grande calor e o recrudescer das fragrâncias que, de modo misterioso, haviam sido seqüestradas pelo sol, mas que o frescor do entardecer de novo libera. É o perfume de árvores, de poeira que se assenta, de água.

O inverno também suscita fortes sensações de lugar. Leva-me ao nosso apartamento da rue d'Assas. A primeira nevasca importante do ano acendia grande animação. Eu exigia a presença de Mary-Theresa e os três, a aia, o irmão mais velho e o predileto, totalmente encasacado, enchapelado e enluvado, vestido e calçado, de tal forma protegido da intempérie que se via transformado em uma verdadeira esfera, íamos para o Jardin du Luxembourg formar o primeiro boneco de neve da estação. Turbilhões e rajadas de neve nos fustigavam na caminhada pelas ruas ainda obstruídas. Quando alcançávamos os portões do parque, Bartholomew gritava, desprendia sua mão da minha e, aos berros, ia fazer uma bola de neve, que, depois de fingir que a arremeteria com grande violência, acabava por atirar suavemente contra Mary-Theresa. Esta, rindo, afastava-se, permitindo que o míssil se esfacelasse contra seu ombro.

"Eu sei voar", gritava Bartholomew, e corria pelo parque de braços abertos a imitar um avião que balançasse as asas e se propalasse de um lado para o outro. Mary-Theresa e eu nos púnhamos a fabricar rapidamente nossos mísseis e procurávamos acertar meu entusiasmado irmão. Minhas jogadas eram pouco vigorosas mas cronologicamente bem concebidas e de boa pontaria. As de Mary-Theresa, selvagens e cegas, vinham lançadas com a postura curiosamente desconexa e desajeitada que mesmo as mulheres mais bem coordenadas assumem quando procuram atingir um alvo. Logo Bartholomew se cansava dos exercícios mais intensos e se juntava a nós para montar o boneco de neve, segundo o modelo clássico: uma esfera grande, inferior, para o corpo e as pernas; menor, para a parte superior do corpo; menor, ainda, para a cabeça; maçãs para os olhos; cenoura, para o nariz; pedaço de bolo inserido horizontalmente para a boca e frigideira em desuso para o chapéu.

"Bela figura de homem", dizia Mary-Theresa, todos os anos, ao admirar conosco a obra completada. Deitávamos fumaça pela boca como cavalos de corrida. Depois, trilhávamos laboriosamente o caminho de volta a casa. A nevasca, que começava temporariamente a amainar quando saíamos de casa, teria então cessado totalmente. Apareciam no céu, da perspectiva do parque sem iluminação, estrelas de um brilho e de uma claridade alucinantes. Quando ouvi, pela primeira vez, a expressão "o sopro da vida", revi, de pronto, as nuvens espessas de vapor que exalávamos quando caminhávamos de regresso a casa na noite parisiense.

Contra semelhante pano de fundo, imagino uma refeição de inverno que, por sua natureza, decorreria idealmente da complementaridade instigante entre, de um lado, escuridão, frio, desabrigo, exclusão, e, por extensão, medo, desordem e loucura, e, de outro, iluminação, agasalho, inclusão, conforto, ordem, segurança e sanidade mental. Nesse sentido, uma refeição invernal pode ser paradigmática da função do menu como talismã, mencionada no prefácio; e muito embora o ato de comer contenha outros aspectos protocolares, a celebrar emoções tão diversas, no plano da intensidade, como o franco triunfo e o mero bem-estar da família, a oposição básica entre ordem e desordem, subjacente a toda refeição bem-estruturada, parece mais definida no inverno, quando o pio da coruja tão facilmente se confunde com o gemido da alma penada e monstros impossíveis espreitam por trás das sombras trêmulas.

Salada de queijo de cabra
Ensopado de peixe
Torta de limão

É comum a falácia de que a alimentação de inverno deve refletir, de forma evidente, as características da estação e consistir em imensos cozidos viscosos, em sopas espessas a ponto de perder a liquidez e em pudins colossais. Está certo, desejamos aquecer-nos. Mas também queremos recordar dias melhores. O menu acima foi elaborado com vistas a propiciar a sensação de calor e de sol, a mesma que experimentamos quando, no início do mês de janeiro, vislumbramos o primeiro floco de neve, ascendente, tenaz, despreocupado e virginal. Torna-se essencial a escolha cuidadosa das folhas para a salada. A disponibilidade dessas folhas, mesmo no mais profundo inverno, é testemunho de uma espécie de modernidade temporã; nossos antepassados se perturbariam profundamente com a idéia de um pé de alface disponível em janeiro. É melhor escolher o verdureiro com critério e entregar-se a seu arbítrio. Lembre-se de misturar diversas alfaces. Cos, Webb, romana e não a que leva o nome, aliás bastante fiel, de *iceberg*, outras folhas, como *radicchio* e chicória.

Faça uma vinagrete. Prefiro proporções controvertidas: sete partes de azeite de oliva para uma de vinagre balsâmico: a mesma proporção do *dry martini* ideal. No que mais tarde denominei meu período estético, costumava servir um martíni sete-a-um de gim Beefeater e vermute Noilly Prat, mexido com cubos de gelo grandes e vertido em copo de *cocktail* gelado, encimado por uma tira de casca de limão, a liberar invisível nuvem cítrica. Como refinamento adicional, tomei emprestada a técnica de W. H. Auden de misturar vermute e gim na hora do almoço (embora o poeta, ele mesmo, usasse vodca) e deixá-los no congelador até que adquirissem a admirável consistência gelatinosa do álcool esfriado a temperaturas inferiores à da solidificação da água. A ausência da água permite que o martíni de Auden não sofra diluição; torna-o merecedor do título de "bala de prata". O diretor de cinema espanhol Luís Buñuel, em sua autobiografia, diz que o correto é simplesmente deixar a luz atravessar o vermute a caminho do encontro com o gim, em método análogo ao da Imaculada Conceição. Na realidade, referia-se ao parto virginal, erro comum. Confesso que nunca achei a menor graça nesse veio particular de irreligiosidade católica.

Embora o certo seja servir o *dry martini* sem misturá-lo — isto é, ainda translúcido, como na fórmula tradicional que James Bond tão deliberadamente desafiou: "sacudido mas não mexido" —, a vinagrete deve ser levemente agitada com o garfo até ficar embaciada e se emulsionar, coisa de poucos instantes. Ressalte-se que a palavra eslava para a bebida destilada local, vodca, é diminutivo carinhoso de água e, dessa forma, termo análogo ao francês *eau-de-vie*, ao escandinavo *akvavit* e ao irlandês *usquebaugh*, água da vida. Os antigos bem que sabiam das coisas.

Arrume as folhas em torno dos pratos de servir. Molhe-as com a vinagrete. Toste fatias de pão, uma por pessoa; coloque uma rodela de queijo de cabra sobre cada uma e passe-as todas sob o fogo da grelha. Retire assim que o queijo começar a formar bolhas e a dourar. Ponha as torradas com o queijo nos pratos arrumados e sirva. Temos, aqui, uma entrada simples, mas que apresenta contraste agradável de calor e frescor, o frescor da salada e o calor, com sabor a caça, das proteínas de seu companheiro.

O interesse filosófico do queijo reside no fato de que suas qualidades dependem da ação das bactérias. Trata-se, como observou James Joyce, do "cadáver do leite", de leite morto, com bactérias vivas. Processo semelhante de decomposição controlada vem a ser o da cura da caça. Certo grau de apodrecimento amacia a carne, tornando-a saborosa, embora poucos ainda obedeçam àquele preceito do século XIX que reza que o faisão pode ser comido a partir do momento em que o primeiro verme cai ao chão. No caso da carne e da caça, a ação das bactérias é um desiderato e não uma necessidade, à diferença do que ocorre com o queijo. O Velho Testamento captou esse ponto, conforme consta da pergunta de Jó ao Senhor: "Porventura não me mungiste como leite, e coagulaste como queijo?". Coagular o queijo assemelha-se à aquisição da sabedoria e da maturidade na vida humana. Os dois processos implicam reconhecimento e absorção do fato de ser a vida doença incurável, com índice de mortalidade da ordem de cem por cento — forma segura de morte lenta.

Apesar disso, ainda existem boas lojas de queijos na França. Hoje mesmo, tive, mais cedo, ocasião de comprová-lo. Dito estas palavras de dentro da banheira do pequeno quarto de hotel bastante razoável de St. Malo. Se um objeto acionado a bateria fosse jogado na água do banho, teria efeito fatal? Preciso fazer um memorando para checar. Estava caminhando mais cedo pela rue Ste. Barbe, quando um movimento inesperado me levou a entrar apressadamente em uma *épicerie* que, paradoxalmente, sem detrimento do nível superior ao habitual, tinha aspecto bastante típico. O proprietário, de fisionomia grave, trajando bata branca, tinha modos sérios, tranqüilizadores, apropriados a um piloto de avião ou a um neurocirurgião que se tivesse de consultar. Afiava a faca na pedra, aparentemente para atacar o presunto deitado à sua frente na bancada de mármore. Quatro fregueses, dos quais, na agitação em que me encontrava, retive apenas impressão geral de decoro burguês carregado de sacas de compras, voltaram-se para registrar minha entrada e logo se viraram para outros lados. (Ser *bourgeois* não é o mesmo que ser de classe média; a primeira palavra conota de modo preciso atitudes, preconceitos, julgamentos apriorísticos, opções de vida e posições políticas. Estilos de auto-satisfação variam de país a país. Entediar-se não é o mesmo que sofrer de *ennui*. A condição de *einsam* não é idêntica à de se sentir solitário e *Gemütlichkeit* não se esgota no conforto.) Havia, à minha esquerda, formidável bateria de enlatados, que incluía desde a marca definitiva de pontas de espargos até a de *petits pois* que parecia, de forma intermitente, justificar decisão de emigração imediata por parte de algum paladar mais exigente. Atrás do balcão, exibia-se uma seleção recordista mundial de presuntos e preparados de carne de porco: o saboroso *jambon à l'américaine*, *jambonneau*, *jambon de York* confiável, que lamentavelmente se encontra pouco em York, pernil de presunto, *jambon fumé*, *jambon de Bayonne*, *prosciutto crudo di Parma*, *jambon d'Ardennes*, três tipos de *jambon de campagne*, *saucisson a l'ail*, *andouille* de três fervuras, *saucissons d'Arles*, *de Lyon*, um ou dois *chorizos* vermelhos, uma *kaszanka* cuidadosamente ortografada, *andouillette* (como é importante distingui-la de sua quase xará), sutil *boudin blanc* feito segundo uma receita secreta de família, vigoroso *boudin noir*, *crépinettes* luxuosas, *pâté d'oie*, patê de pato, *pâté de foie gras* em uma lata etiquetada à mão e enfeitada com o desenho de um ganso que parecia traçado por mão de criança não particularmente talentosa, *terrine de lapin*, *pâté de verglaze* de aparência triste e abandonada, *terrine de gibier*, *quiches* e *galantines* diversas, *gâteau de lièvre* e uma miscelânea de outras tortas e pastéis. Os queijos encontravam-se à direita do balcão, dentro do armário refrigerado enfeitado com tiras de plástico que fazia efeito de veneziana propositadamente translúcida e facilmente penetrável. Não havia menos que cinco versões daquela grande glória da Normandia, o Camembert, exemplo típico de idéia proveitosa que às vezes surge nos períodos de fermentação histórica, uma vez que o queijo foi inventado em conseqüência de uma fertilização cruzada entre ingredientes da região normanda e técnicas de fabricação de Meaux, exportadas para Camembert pelo jovem Abbé Gobert, que fugiu do Terror em 1792. Também havia Livarot, Pont-l'Eveque, Neufchâtel, um Brie no qual meu olhar hipercrítico detectou o centro meio seco, além de uma rica variedade de pequenos queijos locais que teria sido ótimo examinar e enumerar se a costa, por assim dizer, não tivesse ficado livre dos mouros, permitindo-me, dessa forma, tocar a ponta do boné de beisebol na direção do *épicier* e me precipitar para a rua, bastante reconfortado pela contemplação de suas mercadorias depois do susto desagradável por que havia passado momentos antes.

***

Bem mais tarde, naquela mesma noite em St. Malo, fui comer sopa de peixe (talvez devesse dizer, mais tarde *nesta* mesma noite. Ainda estou no banho, tendo conseguido restabelecer o nível de água quente mediante uma manobra ágil do dedão do pé). Era um final de dia no alto verão. A luz oblíqua e amarelada do entardecer prolongado atravessava o porto, embalada no perfume do mar, como recordação da Cornualha. É possível considerar que todo novo amor apresenta alguma similitude com o primeiro, entendidas, na natureza dessa relação, as noções de paródia, inversão, citação, pastiche, mudança de elenco, assim como de duplicação idêntica e servil. Da mesma forma, nenhum restaurante a que se vá, mais tarde, distingue-se totalmente do *primeiro* restaurante. Se o primeiro amor não corresponde de modo necessário ou automático à primeira aventura sexual (aliás, ainda bem), o primeiro restaurante não precisa ser, no sentido literal, o primeiro restaurante, o lugar onde se comeu em público pela primeira vez mediante pagamento (a estação de serviço esquecida que serviu de pausa no decorrer de uma viagem ao Norte, a caminho da casa da tia, a primeira recompensa pelo bom comportamento, o primeiro doce tomado na casa de chá durante a saída para as compras), mas o lugar onde pela primeira vez houve o encontro com a ofuscante, consoladora imensidão da *idéia* de restaurante: guardanapos engomados; louça pesada, taças de vinho transparentes, eretas, perfiladas como soldados em desfile; um regimento atento de talheres forcados e afiados; o mobiliário humano constituído pelos demais clientes e garçons uniformizados e, antes de mais nada, o lugar onde se teve pela primeira vez a consciência de estar num sítio destinado especialmente ao atendimento das necessidades, um oásis luminoso de atendimento e atenção. Daí, talvez, o empuxo mítico do restaurante, invenção, afinal, relativamente recente, evoluída da estalagem dos viajantes, no processo gradual de crescente urbanização por que passa o homem ocidental. Os restaurantes só aparecem na atual feição, teatral e modernizada, relativamente tarde, lá pelo final do século XVIII, pouco antes do surgimento do ideal romântico da genialidade. Há certas conversas e certas variedades de percepção de si que só ocorrem em restaurantes, particularmente os relacionados à psicodinâmica dos casais. Freqüentemente solitário à mesa, parece-me que alguns casais jantam fora com o propósito precípuo de proceder ao monitoramento do estado de saúde de seu caso, como se a separação, por imutável princípio antropológico, se desencadeasse por etapas e em público, como se os consolasse verificar que outros muitos também se encontram precariamente instalados na fatigada canoa da parceria. Seria como se uma lei compelisse todos os casais a figurar em quadros animados que retratassem o estado dos relacionamentos, nos quais se expusesse cada modalidade de estado, desde o prolongadíssimo olhar nos olhos do flerte inicial até aqueles silêncios engendrados por no mínimo duas décadas de intimidade conflituosa.

Terá sido minha mãe quem me fez sensível a essas coisas. Foi com ela que vivi o primeiro rito de passagem no restaurante. Nela, não havia nada em que se pudesse confiar tanto como no sentido de oportunidade. Claro, houve saídas anteriores, comparáveis, para voltar à metáfora anterior, aos tateamentos rudimentares, tipo *yeti*, das primeiras experiências sexuais. Cidade: Paris. Restaurante: La Coupole. Elenco: minha mãe, eu, público parisiense e coro de garçons atarefados e solícitos. A refeição: uma sopa de peixe, seguida do célebre *curry d'agneau*, para ela, simples *steak-frites* para mim, o pequenino, torta de limão dividida entre os dois. Não vou perder tempo com a receita da sobremesa; compre-a em um fornecedor de confiança. As costas do vestido de minha mãe, magnificamente caro, de autoria de um conhecido costureiro, eram recortadas. Usava-o sem jóias, à parte os brincos já mencionados. Meu próprio traje, adorável terninho de marinheiro, de golas brancas, terá atraído olhares ardentes. É divertido ver, na revista, a foto do rapaz que tanto impressionou Thomas Mann e lhe serviu de modelo para a *visione amorosa* de Aschenbach; a criança em questão merecia, honestamente, o qualificativo de *lixo*. Mais uma vez, a arte se sobrepõe à vida. Talvez tenha sido aquele o momento em que a comida se transformou para mim em paixão imorredoura e decidi adotar determinado *modus vivendi*. Ela sorriu, por cima dos restos da sopa e da *rouille* devastada, e me disse: "Sabe, *chéri*, estou certa de que você um dia fará grandes coisas".

Não é assim de surpreender que todas as sopas e cozidos de peixe ocupem lugar de destaque na hierarquia de minhas estimas e afetos. Identifico-me particularmente com a receita que reúne o vil e o nobre, os restos do arrastão (principal fonte dos peixes da receita, como da maior parte das sopas e cozidos), com o mais alto grau de nutrição, delicadeza e arte; que reúne os vairões invendáveis do Mediterrâneo ao fabuloso luxo do açafrão (quase tão caro, a peso, quanto o ouro, de que parece ser um símile comestível); um prato ancorado nas sólidas tradições da cozinha camponesa, como o comprova, lindamente, o fato de ser preparado num único recipiente, a caçarola totêmica da cozinha rural européia e mesmo mundial, comum ao fazendeiro do Conemara e ao *muzhik* de Omsk e que também ocupa lugar saliente na gramática alusiva e cheia de ramificações da cozinha francesa de restaurante, que atingiu, na terra natal, altíssima semelhança com uma complexa linguagem articulada. Refiro-me, para encurtar, à *bouillabaisse*, de que sempre gostei imensamente. Curnonsky disse que "um grande prato é obra de incontáveis gerações". A *bouillabaisse* combina luxúria e espírito prático, romance e realismo. Pode ser encarada como característica dos moradores de Marselha. Os marselheses em geral correspondem, em alto grau, ao estereótipo coletivo encontrado nos habitantes das cidades portuárias — basta pensar na exibida vitalidade, abrasiva e calorosa, dos napolitanos; no sentimentalismo artificial de Liverpool; no romantismo forçado dos estivadores de Alexandria, ou mesmo nos trabalhadores estudadamente musculares, rudes e truculentos do velho porto de Nova York. Nesse espectro, os marselheses se distinguem pela atitude de romântica consciência de seu próprio sentido prático, e se pareceria que os habitantes de Liverpool constantemente se ocupam em descrever, celebrar e elogiar o ensopado *lobscouse*, os de Marselha dão a impressão de estar permanentemente embarcados no projeto de enumerar, categorizar e encenar suas marcas características de *méridionalité*, poderosamente realistas. Repare no nome da *bouillabaisse* — que vem de *bouillir* e *abaisser*, "ferver" e "reduzir" —, a nota de praticidade gabola, desenfadada, estilizada e rústica, como a dizer é, é uma sopa, e daí? Essa nota se faz também presente na explicação da história de que Afrodite em pessoa, padroeira e fundadora daquela cidade tão cheia de caráter, foi a inventora da *bouillabaisse*. A ficção corresponde sem dúvida ao fato histórico de que Marselha foi povoada primeiro pelos fenícios, atraídos por seu porto natural quase retangular (cujo centro ainda se encontra no *vieux port*). Trouxeram consigo sua mitologia, seus faróis e o talento mercantil. Diz-se que Afrodite inventou a *bouillabaisse* como forma de levar o marido, Hefaísto, ferreiro manco padroeiro dos artesãos e dos cornos, a ingerir grande quantidade de açafrão, à época um soporífero famoso, para que caísse no sono a fim de que ela pudesse escapar ao encontro do namorado Ares, na minha opinião o mais desagradavelmente suarento de todos os personagens do panteão grego. Os mitos gregos, como o Antigo

Testamento, têm o mérito de descrever o comportamento real das pessoas.

Meus pesquisadores não conseguiram confirmar ou negar a base científica da crença popular relativa ao açafrão, que, de resto, é uma flor, constituída pelos estigmas (a parte carregada de pólen) de *Crocus sativus*. São necessários mais de quatro mil estigmas, trabalhosamente colhidos à mão, para que se obtenham uns tantos gramas da espécie, cuja popularidade se infere pelo nome da cidade de Saffron Walden, na certa hoje uma funesta cidade mercantil, com seu séquito de *skinheads* desocupados a beber sidra nos degraus do monumento aos mortos de guerra, desfigurado por *graffiti*, e sua difícil trama de mãos únicas. Nunca me dei ao trabalho de visitar Saffron Walden, muito embora não tivesse que me desviar muito do caminho que em geral faço entre meu *pied-à-terre* em Bayswater e a cabana de Norfolk. Acredito que essa parte da Inglaterra deva ter sido mais confortável no período da ocupação romana, quando os cidadãos romano-britânicos podiam passear, vestidos com suas togas, por ruas bem pavimentadas, passando por prédios limpos, a caminho dos banhos, onde lhes era dado descansar depois de um tranqüilo mergulho, com um pouco de conversa e talvez um ou dois copos de vinho local, confiantes de estarem protegidos de seus próprios compatriotas por legionários bonitos, amáveis e muito bem armados. Convém lembrar, do ponto de vista do cozinheiro, que basta utilizar um ou dois fios de açafrão; mais, e se corre o risco de introduzir no preparado um gosto amargo, como o de meias.

Discute-se muito sobre a possibilidade de realizar uma *bouillabaisse* longe do Mediterrâneo e das covas arenosas que enriquecem esse prato outrora humilde de uma maravilhosa diversidade de "pequenos insetos com nadadeiras", como dizia meu pai. Na minha opinião, que registro depois de ter consumido muitas sombrias assim chamadas *bouillabaisses* em ambientes setentrionais, trata-se de um prato que não viaja nem pode ser traduzido, mas é possível adaptá-lo desde que se domine o entendimento dos seus princípios básicos.

Tome dois quilos de peixes, do tipo que tem como hábitat enseadas rochosas. Terão sido, de preferência, comprados no Mediterrâneo, após a negociação do preço à beira do cais com dois pescadores curtidos, avô e neto, os quais, tendo passado um longo dia a puxar redes nas calas íngremes sob o sol quente, não deixaram que o evidente desejo de tomar o primeiro *pastis* da tarde interferisse no processo da barganha, a acelerar-lhe a velocidade ou reduzir sua complexidade. Usam-se pelo menos cinco tipos diferentes de peixe, inclusive, é claro, a indispensável *rascasse*, de feiúra impressionante, cuja aparência nunca me deixa esquecer de nosso cozinheiro Mitthaug. São também necessários peixe-cabra, lampreia, xarroco-maior, *lotte*, *baudroie* (a mesma coisa; *baudroie* sendo o nome francês e *lotte* o provençal, outro bicho para assustar criancinha), um ou dois *wrasses* e ou bem a *girelle*, ou a divinamente batizada *vieille coquette*, que saboreei pela primeira vez na presença de minha mãe. Limpe os peixes e corte os maiores em postas ou pedaços grandes. Reúna dois copos de azeite de oliva provençal e uma lata de tomates; ou descasque, retire as sementes e pique os tomates. Quanto a mim, considero os tomates em lata uma das benesses maiores da vida moderna (odontologia, o *compact disc*). Numa caçarola grande e bonita, deixe suar dois dentes de alho picados em um dos copos de azeite. Junte os tomates e uma pitada de açafrão; depois junte três litros daquilo que, na Inglaterra, seria um antigo efluente tratado com cloro (água) e deixe ferver loucamente. Acrescente o peixe de carne mais firme e junte o segundo copo de azeite, deixando ferver por quinze minutos em fogo forte. Acrescente o peixe de carne mais branda e cozinhe por mais cinco minutos. Sirva os peixes inteiros, as postas e pedaços grandes em pratos de sopa e o caldo, separadamente, com *croûtons* e *rouille*. Não quero me aborrecer com os detalhes da *rouille*, porque meus dedos estão começando a ficar enrugados na água do banho.

Repare que a *bouillabaisse* é um dos poucos pratos finos que recebem fervura rápida. Isso acarreta a emulsão do azeite e da água; por causa de sua origem mediterrânea, o óleo não é jogado sobre águas agitadas, mas forçado violentamente a se amalgamar a elas. Note-se também que se trata de um preparado controvertido, provocador de discussões e dissensões. Assume versões católicas e não católicas, ligadas à transcendente questão, acima mencionada, do condicionamento geográfico, bem como às da conveniência ou não de juntar um cálice de vinho branco à água e ao óleo; da importância ou inadmissibilidade de incluir funcho ou casca de laranja ou tomilho ou tinta de lula ou cabeças de cavala. Meu veredicto pessoal sobre essas questões é respectivamente: "sim", "não", "sim", "não", "por que não?", "sim, se você quiser fazer a *bouillabaisse noir* de Martigues" e "brincadeira". Certos acepipes parecem carregados de energia psíquica, uma espécie de mana, que faz com que chamem a atenção, despertem interesse, estimulem a discussão e inspirem controvérsia e debates sobre sua autenticidade. Ocorre o mesmo com certos artistas. De novo, não me refiro exclusivamente a mim mesmo.

As condições e proibições que cercam a confecção de uma *bouillabaisse* tornam-na problemática para quem cozinha em casa, ou pelo menos para quem mora a mais de uma hora de carro do litoral entre Toulon e Marselha. Minha casa no Vaucluse dista uma hora e quarenta minutos de Marselha se o tempo estiver bom, o que é recomendável nas estradas tortuosas do Lubéron. Outras sopas de peixe são menos contenciosas, o que as pode tornar atraentes a quem não valorize, como eu, o sentido agudo daquilo que

Spinoza chamou de “profunda dificuldade da excelência”. Em todo caso, durante estes anos, tenho preparado, em minhas casas de Provença e de Norfolk (menos na de Bayswater), *burrida*, a especialidade genovesa sólida e acomodante; *cotriade*, uma especialidade bretã aquecedora e econômica, orientada para a batata e algumas vezes sazonada apenas com água do mar. Cozinho também a suave *matalote* normanda, da qual terei mais a dizer, adiante, e a exuberante caldeirada dos pescadores portugueses, o quanto basta para fazer de cada um de nós um lusófilo, dotada da qualidade adicional de poder ser aproveitada sob forma da excelente roupa velha de peixe. Há também os ensopados de peixe picantes, mas de certa forma leves, da Tailândia, temperados com malagueta e citronela e com o exotismo glamouroso mas refrescante daquele país, que subitamente se tornou tão conveniente, situado a apenas algumas horas de distância. A *matalote*, que, paradoxalmente, emprega vinho tinto, e o *raito*, a primeira com sua enguia perturbadoramente fálica, a parecer viva, e o outro com o gosto sutil mas tranqüilizante do bacalhau; o *ttoro* basco, também de bacalhau, cuja origem é traída pela impossibilidade de pronunciar-lhe o nome. Meu irmão costumava especular sobre se, nas versões bascas do *scrabble*, se invertiam os valores, de forma que os jogadores ganhassem apenas um ponto para compor palavras começadas com letras como *q* e *x*. Segue-se o rústico *kakaviá* grego e o *psarósoupa avgolémono*, avivado com ovo e limão; a saborosa *soupe de poisson* provençal, com sua *rouille* bem vigorosa e a promíscua aceitação de todos os ingredientes que se lhe queira adicionar, talvez a mais adaptável e exportável de todas as sopas nacionais; os *chowders* (de *chaudières*, caldeira, uma palavra que também indica a espécie de *boiler* doméstico a gás cuja explosão mataria meus pais) da América do Norte, sintomáticos daquele continente por sua brandura ao mesmo tempo enfática e enérgica; o delicado *Bergensk fiskesuppe*, que o infeliz Mitthaug preparava com grande exibição de energia em sua tentativa de obter os peixes mais frescos deste mundo, os mais frescos que se poderia imaginar, o que o levava a acordar antes do amanhecer para ir a Billingsgate e retornar com espécimens sobre os quais meu pai comentava que um veterinário competente seria capaz de ressuscitá-los; de fato, nosso pequeno país cinzento é um dos únicos que não se pode orgulhar de uma versão nacional da sopa de peixe, porque até os escoceses têm a surpreendentemente palatável *cullen skink*.

Um dos exemplos de prato fácil de preparar, ao mesmo tempo em que mantém certo prestígio, é a *bourride*. Também a *bourride* traz muitas lembranças, no caso, de minha humilde casa na aldeia interiorana de St. Eustache no Vaucluse, pouco mais que uma cabana, na verdade, com cinco dormitórios e a piscina, que tanto contribuiu para me tornar popular com alguns vizinhos. Nas janelas de cada quarto foram instaladas precárias armações de vime às quais se afixaram telas contra mosquitos. Na primeira visita que fiz ao Sul da França quando tinha dezoito anos (meu irmão possuía na época e mais tarde um lugar perto de Arles), costumava examinar obsessivamente a tela semelhante que cobria as janelas, a fim de evitar que um rasgão ou falha expusesse o quarto à invasão dos insetos. Não é que eu sofra do temor banal, como o descreve Lawrence, dessas criaturas, mas a imagem de uma daquelas mariposas, provençais imensas, debatendo-se, obscenamente delicada e cabeluda, a penetrar pela minha boca aberta enquanto eu dormisse, provocava momentos de desconforto. Os mosquitos eram do tamanho de moscas; as moscas, de vespa; e as mariposas, de pterodátilos; o tamanho, aliado à tendência à veemência, aos zumbidos frustrados e ao ruído dos impactos contra as vidraças, significava que se uma só dessas jamantas (opa) ingressasse em meu quarto, deixava-me horas acordado, sobraçando um exemplar enrolado do *Nice Matin* ou do *Le Provençal*, e caçando.

Correto. *Bourride*. Etienne, jovem francês que nos visitou no âmbito de um programa de intercâmbio de estudantes e que veio passar as férias de verão, educou-me na maneira de cozinhar uma versão desse ensopado com os peixes frescos disponíveis perto da casa de Norfolk, usando o azeite de oliva que tivera a boa idéia de trazer consigo. Compre e prepare o mesmo número de postas grossas de peixe de carne branca quanto será o de convidados; o peixe pode ser John Dory, que os franceses chamam simpaticamente de St. Pierre, em função do resíduo, visível de ambos os lados da cabeça de expressão tão amistosa (ou sou eu?), da impressão digital de são Pedro pescador. Pode ser também *brill* ou *monkfish*, ou qualquer outro peixe, com a ressalva de que para se qualificar para *bourride sétoise* tem de levar, exclusivamente, *monkfish*. Um feudo, famoso na aldeia, entre frações familiares surgiu da discussão sobre *bourride sétoise*; as pessoas se inflamaram, trocaram insultos, agitaram rolos de madeira, consultaram livros de cozinha, confirmaram opiniões e veementemente as negaram e se instituiu um corte de relações de três décadas de duração. Isso é que é uma receita. Faça primeiro um caldo com ossos de peixe e depois o *aïoli* (dou a receita depois, depois); junte mais uma gema por pessoa. Pique dois alhos-porós e duas chalotas e deixe-as suar em azeite. Adicione o peixe, despeje o caldo e cozinhe até ficar pronto, cerca de quinze minutos mais tarde. Retire o peixe, reduza o molho à quantidade que parecer apropriada — no mínimo um terço, no máximo dois terços. Fora do fogo, junte o *aïoli* enriquecido e devolva ao fogo, batendo sempre com o chicote, para que aqueça e atinja a textura de um creme rico.

Recebi a primeira visita de Pierre e Jean-Luc, meus quase vizinhos provençais, numa noite em que preparara uma *bourride*. Tratava-se (se trata) de um par de irmãos muito idosos, curtidos, céticos, inteligentes-burros como o são tradicionalmente os camponeses rudes, dados a bondades imprevisíveis e irrecusáveis e de estatura não muito alta; apesar de ambos serem quase cegos — na aldeia divergiam quanto a qual dos dois enxergava menos —, gostavam de atirar. Pierre, o mais velho, é também mais escuro, mais alto, mais salpicado de manchas de pele e muito mais capaz de fazer visitas solitárias que o irmão Jean-Luc; é também, por boa margem, mais silencioso. Jamais olha para alguém de frente; no entanto, a maneira que tem de evitar o olhar das pessoas de alguma forma o preserva de parecer astuto ou apologético; é como se fosse um basilisco bem-educado, que gentilmente deixasse de fazer uso da capacidade de transformar-nos em pedras. Três ou quatro gatos meio selvagens que freqüentam a casa durante os meses que passo em St. Eustache, sempre condescendentes com a minha presença, fazem-se misteriosamente ausentes por ocasião das visitas de Pierre, talvez com medo de que o poder gorgôneo se vire contra eles enquanto brincam pelo piso, deixando-os literalmente petrificados. Pode ser também que uma percepção supra-sensorial os avise de que, ao se aventurarem diante dos irmãos, correm o risco de levar tiro. Jean-Luc, fisicamente diferente do irmão, como disse, é muito distinto, de aspecto manso e afável, nem um pouco alterado pelo fato de nunca ser visto desacompanhado de sua espingarda. Esta é alongada, de cano único, assustadora, bem semelhante a um bacamarte de história em quadrinhos; sempre a traz aberta e dobrada sobre o braço ou, o que mete ainda mais medo, encostada na vertical contra o ombro, na posição "soldado, armas". Moram os dois sozinhos em um *cabanon* ou casinhola de pastor, distante cerca de cinco quilômetros, e são, de fato, relativamente ricos, donos de muitas terras na região, inclusive das que cercam a minha humilde propriedade. Na estação da caça, ninguém passa perto do território deles. São comilões temidos e respeitados. Suas visitas suscitam conversas meio indecifráveis sobre clima, preços dos produtos agrícolas, uma ou duas anedotas contra os alemães, acompanhadas de olhares silenciosos e evidentemente desapiedados na direção do que estiver sendo preparado para o jantar daquela noite. Há sempre um oferecimento igualmente críptico e sutilmente ameaçador de presentes: uma galinha-d'angola afogada em *eau-de-vie* caseira, cujo bico Jean-Luc sustenta com as mãos poderosas e sujas, ou um peixe pescado de anzol, que foi sufocado em vez de esmurrado até morrer. Na primeira visita que me fizeram, no entanto, Pierre e Jean-Luc, que apareceram em casa para travar conhecimento, viram a *bourride* em andamento. Postaram-se a meu lado enquanto completava os toques finais de tempero e pronunciaram o veredicto imortal, "*Bon*", que constituiu elogio favorável ao bom início de nosso relacionamento. Cheguei a sentir afeto pelos dois irmãos, que os acontecimentos posteriores não alteraram.

Não obstante as sopas contempladas, teoréticas, hipotéticas, lembradas e virtuais, eu — mas não você, leitor, o que é pena, pois creio que teria apreciado, se estivesse lá — devo voltar à realidade. Depois do entardecer esplêndido em St. Malo, e no final de uma tarde feliz passada a deambular por ruas reconstruídas, saí à procura do acepipe que é mais uma crítica à culinária britânica, a *matalote* normanda. Por que não existem sopas equivalentes nas Ilhas Britânicas, onde Newcastle e Ramsgate rivalizam quanto à sofisticação de suas respectivas especialidades locais e se discute ferozmente se *samphire* pode ser legitimamente usado na sopa homônima de Cardiff? É agradável caminhar como sem rumo em St. Malo, uma cidade cuja oitava parte é provinciana e sonolenta, outra oitava parte prática e voltada ao trabalho da pesca e três quartas partes dirigidas ao turismo, às lojas de presentes e à hotelaria. Ruas estreitas, hostis ao tráfego, fazem com que a cidade pareça esconder-se do mar, como se as casas constituíssem uma forma de segurança coletiva, uma identidade humana acanhada, em contraste com a vastidão das águas que trazem vida, morte, peixes e fazem viúvas. Como em tantas cidades costeiras, a arquitetura e a topografia são tais que o mar chega de surpresa, visto de relance na extremidade de uma viela, ou vividamente aparente nos espaços entre as casas, ou reconhecido a contragosto quando se dobra uma esquina e se chega a uma marina fortificada ou a uma súbita esplanada, cuja própria amplidão é outra tentativa de manter a distância as águas, cuja presença o cheiro de maresia e a mal-humorada cacofonia das gaivotas famintas haviam denunciado o tempo todo.

Ao caminhar por essas ruas cheguei ao pequeno restaurante que pesquisas prévias me haviam informado especializar-se em frutos do mar. A *patronne*, simpática e séria, levou-me a uma prestigiosa mesa de canto, dando assim sinal, como se fosse necessário, daquela atenção encantadora com que os franceses costumam brindar o comensal solitário. A sala era estreita, em forma de L, e decorada com um *kitsch* aceitável, sem muito metal e com algumas redes, gravuras e crustáceos presos à parede. Sem consultar o menu, pedi a *matalote*. O garçom ficou impressionado.

Um dos prazeres incontrovertidos de comer fora é a oportunidade de examinar os vizinhos de mesa. Naquela noite, o restaurante estava tranqüilo. Um grupo de turistas, na mesa ao lado, discutia a densidade relativa do tráfego em diferentes lugares de férias, os *ichs* da Alemanha meridional pronunciados de forma sibilante e lúbrica; um casal francês de meia-idade comia com a tradicional concentração gaulesa, em silêncio reverencial. Uma viúva comia só, com o pequeno cão mimado a seus pés; um jovem casal inglês, o homem completamente sem interesse e negligenciável mas a mulher de cabelos clareados pelo sol, castanho-dourados, soltos, de olhos amarelos que traziam a sala para si como se eles, e não você, fossem o fulcro da consciência universal, algo egípcio no comprimento e na beleza do pescoço, com sua roupa de cor creme, um traje que ondulava quando se movia como trigo agitado pelo vento, o aro de ouro, decepcionante, ao redor de um dos dedos longos que distraidamente giravam a haste alta de um cálice de vinho (o idiota havia pedido Entre-Deux-Mers), os movimentos delicados ao quebrar o pão, também de modo desatento e toda ela radiante, vibrante, desperdiçada. O casal havia cometido o solecismo de pedir um primeiro prato antes da *marmite dieppoise*, agora obviamente interminável. Olhei para o garçom e lhe sorri por trás dos óculos escuros.

A descoberta, entre as coisas de Mary-Theresa, dos brincos de minha mãe, que o *gendarme* bem-educado de cabelos claros antes mencionado havia encontrado escondidos sob o colchão, como se ela estivesse personificando de maneira falha a lenda da princesa e da ervilha, constituiu, é claro, um choque. A cena que ocorreu depois foi terrível, em grande parte (segundo depreendemos) por conta da veemência e paixão com que afirmava categoricamente sua inocência. As notícias chegaram a nós, como sempre ocorre com os escândalos dos adultos, mediadas por coisas não ditas, por pequenas anomalias na textura do cotidiano, pela sensação de ausência dos maiores e de distrações, pela certeza de que debates acalorados ocorriam fora do alcance de nossos ouvidos. Soubemos assim, pelo horário do retorno vespertino de nosso pai a casa — dando uma passada na frente doméstica, era como ele dizia —, que algo estava acontecendo. Mais ou menos às seis da tarde, meu irmão e eu já nos tínhamos dado conta de uma série de graves distorções na rotina diária. Mary-Theresa não trazia o chá; minha mãe, nervosa e sem explicações, tentava construir sanduíches com fatias de pão, me lembro de ter reparado, de espessura perturbadoramente desigual; ausência de Mary-Theresa na hora de botar os meninos para fazer a sesta da tarde; ausência de Mary-Theresa na qualidade de supervisora durante a estripulia do fim da tarde; a não-ocorrência do elogio de Mary-Theresa a tudo que meu irmão tivesse feito durante o dia, e de seu grito histérico: "Olha o que Barry fez agora", enquanto exibia sua mais recente mancha ou garatuja, tendo constituído ausência grata e conspícua; e, finalmente, a não-preparação do chá por Mary-Theresa. O que havia parecido, até então, mero atraso na rotina acabou por tornar-se uma emergência culinária. Meu pai interveio com suas informações radicais:

"Meninos, tenho más notícias".

A palavra "meninos" sempre anunciava algo de importante: "Meninos, sua mãe vai passar uma temporada em uma clínica". Nesse caso:

"Mary-Theresa comportou-se um tanto mal e vai nos deixar."

"Mas papai."

"Por favor, não façam perguntas, meninos. Sua mãe está muito contrariada e será necessário que vocês se mostrem fortes para lhe dar apoio."

É desnecessário dizer que não demorou muito e tínhamos juntado as peças do quebra-cabeça, inclusive porque a tentativa de meus pais de construir um muro de silêncio contrariava as tendências histriônicas de minha mãe. Passou os dias subseqüentes, como em certas circunstâncias o fazia, contemplando, no espelho, os brincos recuperados, que trazia postos, e murmurando, como para si mesma, a palavra: "traída". Aquela noite, estranhamente, meu pai foi para a cozinha e serviu uma omelete de azedinha extraordinariamente competente, aprendida certamente no decorrer de uma de suas viagens, tal como o havia iniciado em malabarismos um aristocrata napolitano encontrado na fila da alfândega durante uma operação tartaruga em Port Said. Felizmente, não se tratou de uma das ocasiões em que esvaziei parcialmente o botijão de gás.

Primavera

CORDEIRO ASSADO

UM ALMOÇO EM TORNO DO TEMA DO CURRY DE CORDEIRO

CORDEIRO ASSADO

A primavera, estação ótima para os suicidas, é também excelente para os cozinheiros. Embora deva confessar que muitas vezes me perguntei se, assim como Turner inventava crepúsculos, T. S. Eliot não teria feito o mesmo com a versão da incidência maior de pessoas querendo se matar no período primaveril e se, antes da publicação de *The waste land*, o mês de abril não seria, na realidade, inteiramente benigno. Não obstante, se abril não foi, no passado, o mês mais cruel, certamente o é agora. Confirmação empírica da variação sazonal no índice de suicídios foi a ação enlouquecida, aparentemente provocada pelo sentimento de culpa, de Mary-Theresa, que se atirou da Pont-Neuf numa manhã fresca, por volta da Páscoa, imediatamente em seguida à revelação de sua falta. O corpo estava sobrecarregado de pedras (paralelepípedos da pavimentação, roubados ou tomados emprestados de uma rua em obras perto da Sainte-Chapelle na Île de la Cité) — a ponto de deixar impressionados os policiais que nos deram a notícia, dois *gendarmes* em boa forma física, com a capacidade que demonstrou de chegar à famosa ponte trazendo um fardo tão pesado na bolsa, a qual atou em seguida ao corpo, e ainda mais com a de ter conseguido alçar-se, com tanto peso, para se atirar do outro lado. Era de boa cepa camponesa, como havia observado meu pai — que raramente se enganava quanto às pessoas — quando inicialmente a contratou.

Ainda assim, os fatores que dificultam, nesse período do ano, a vida dos maníaco-depressivos, dos velhos, dos atormentados por más recordações e dos fracos são favoráveis àqueles que encontram razões de se felicitarem por terem sobrevivido ao inverno. O ressurgir triunfante, satisfeito e competitivo da saúde na primavera talvez a torne paradoxalmente debilitante para os tipos acima mencionados, tal como a circunstância de viver em lugares bonitos, sob climas maravilhosos, pode agigantar o sofrimento individual, ao evidenciar para a vítima a realidade daquilo que ela não é capaz de usufruir. Certa amiga comentou, a propósito da relutância que sentia em aceitar lucrativa oferta de emprego acadêmico no Sul da Califórnia: "Duzentos e cinqüenta dias de sol por ano — e se a gente continuar a se sentir infeliz?". Talvez esta seja apenas outra maneira de dizer, como o quer a trivial máxima americana, "Mostra-me um bom perdedor que eu te mostrarei um perdedor". A primavera é a estação em que os perdedores são confrontados com a sua natureza de perdedores, a sua tendência à perdição. Os demais nos rejubilamos, como o diz o Velho Testamento, quando o sol emerge de seus aposentos como um noivo, feliz por retomar a corrida.

A comida apropriada para a estação é combativa, ascendente, sanguinária.

O cordeiro é evidentemente a carne mais associada, na tradição cristã, às idéias de violência e sacrifício. Com efeito, até mesmo o mais robusto dentre os pagãos modernos cerra os olhos em desgosto ante a imagem dos ressurrectos a serem *lavados no sangue do cordeiro.* (Pergunto que força mitológica teria essa imagem se o agente de limpeza fosse, por exemplo, em vez de sangue de cordeiro, caldo de feijão.) A perturbadora fidelidade literal da imagística cristã raramente se faz tão evidente como na prática de comer cordeiro na Páscoa. Quero dizer, *francamente.* O costume parece ainda mais insólito quando se tem em mente a associação centenária dos países onde se come carne de carneiro com o mundo islâmico. Pois o carneiro era, antes, alimento básico dos nômades, que apreciavam uma carne cozida na gordura do rabo e gostavam de se servir das espadas em lugar de espetos para assá-la sobre as brasas. Imagine Genghis Khan, a ouvir de sua tenda os balidos do jantar do dia seguinte, lá fora, no campo, sob o imenso céu estrelado das planícies centro-asiáticas, e a começar a sentir, pela primeira vez, o peso dos anos. A associação da carne de carneiro com o Islã prosseguiu durante o desenvolvimento das cozinhas do Oriente Médio, que inclui receitas como a do *inmos*, tenra e suculenta, na qual o cordeiro é cozido em fogo lento com iogurte e cominho, para contrariar deliberadamente a injunção hebraica contra a fervura do cordeiro no leite da mãe. Estendeu-se à Espanha islamizada e depois de novo cristianizada, onde o apego excessivo ao carneiro, com suas associações religiosas e raciais, poderia atrair para o guloso infeliz as atenções da Inquisição. Chegou à Inglaterra contemporânea, onde o encontro religioso-culinário é celebrado na proliferação excitante de bem situados pontos de *kebab*, com vitrinas grandes, dos quais existem numerosos exemplares excelentes perto de meu *pied-à-terre* de Bayswater.

A *intifada* de animação animal que acompanha o início da primavera é, em parte, exatamente isso, o surgimento exultante da natureza bruta, quando a fera, emagrecida ao longo do inverno, logra esgueirar-se por entre as barras da jaula invernal e escapar. Muitas idéias inspiradas pela seiva que ascende, pelo pulso acelerado, são verdades literais: eu mesmo, na época do ano em que olfateava os primeiros perfumes da flora renascida, costumava sentir-me como se tivesse crescido uns quatro ou cinco centímetros; meu pai aparecia num traje humilhantemente dilapidado de flanela cinzenta, espécie de antepassado fóssil dos modernos *joggings*, e partia para a primeira volta ziguezagueante de bicicleta. Os chapéus de minha mãe, em obediência a alguma reação química, mudavam misteriosamente de cor; meu irmão, no seu modo circense, se dizia inutilizado, abatido por uma dor de cabeça terrível (de constituição robustíssima, na realidade pecaminosamente robusta, meu irmão permitia-se aquela crise anual de enxaqueca). Baixava também uma excitação estranha em Mitthaug. Ele era um alcoólatra "em recuperação", o que fui percebendo aos poucos nos silêncios, elipses e ausências, com aquela certeza de que algo anda errado que as crianças sentem no ato e que as faz tão assustadoras para nós, adultos. O temperamento normalmente extrovertido de Mitthaug sofria uma baixa acentuada por volta de meados de dezembro. Talvez visse, nas primeiras neves, a evidência demasiado tangível do inverno vindouro, ou o claustrofóbico e melancólico aceno final do ano que se afunilava. O inverno escandinavo impõe constrição quase física ao psiquismo, o que na certa constitui um dos fatores que levam aquela gente à sua maneira própria de beber, depressiva, lúgubre e hibernosa. Mas quando chegava a primavera Mitthaug reassumia dramaticamente o bom humor habitual, quase maníaco. A abstinência problemática, associada à animação paradoxal, parecia espelho invertido da feição que apresentaria caso estivesse embriagado; para todo bebedor profissional, a embriaguez é a normalidade e a sobriedade a exceção. Assim, ser sóbrio, para Mitthaug, era a maneira, precisamente, "de perder a cabeça".

Inevitavelmente, a primavera, ao prover metáforas visíveis do renascer, crescer, nascer e ressurgir, corresponde a outras formas de nascimento e abertura, como as que ocorrem, duplamente, com o artista, íntimo das sensações de desdobramento, florescimento e consciência nascente, que se transformam em apreensão extática e quase-certeza com a velocidade daqueles pacotinhos bem bolados que, jogados na água, mágica e surpreendentemente se transformam em barcos salva-vidas totalmente inflados, com acessórios completos, mantimentos e tudo.

Foi nessa época do ano que, num desses dias, após haver comido um *gigot* com alho, acompanhado do clássico *haricot*, feito por minha bela mão em Norfolk na casa que continua a ser minha moradia principal, começou timidamente a luzir, em minha imaginação, o projeto artístico que se transformaria na obra de minha vida. Emitiu luz vaga, fugidia, captável apenas por instrumentos sensibilíssimos e afinados, perceptível apenas pelo olhar dotado da mais acurada visão noturna, assim como se pode ver luzir, em uma caverna profunda, aquela resplendência sutil e indefinida que vem não de lanternas, tochas ou velas, mas da luminosidade indistinta do musgo em decomposição.

"Vinha caminhando pelo jardim depois do almoço", comentei, recentemente, durante uma entrevista, enquanto ambos, sem trocar palavra a respeito, exultávamos com a deliciosa coincidência de estarmos torpidamente conversando entre os canteiros ovalados, exatamente no mesmo lugar. "As folhas do salgueiro verdejavam. Havia uma ligeira brisa. De repente, me ocorreu a idéia de que o jardim era a imagem de uma arte elaborada de forma a não parecer arte."

"Acho que não estou entendendo", interpôs minha deliciosa interlocutora, falsamente ingênua, criaturinha astuta a exibir precocemente aquela habilidade de arrancar informações do parceiro e lhe desvendar a linha de pensamento que Boswell achava um atributo importante dos amanuenses. Não que a moça — e muito menos do ponto de vista físico — lembrasse de forma alguma aquele jornalista caledoniano, volumoso e oportunista. Ao falar, inclinou-se para a frente e me lançou um olhar oblíquo, protegido por uma cortina de cabelos pálidos despenteados pelo vento. O gesto intensificou a força erótica do olhar, como o movimento de um vestido leve de verão valoriza, ao revelar e esconder, a beleza e o apelo animal de uma perna feminina. Seus olhos eram cor de âmbar (todos os olhos são cor de âmbar), mas com toques radiais verdes.

"Pensava na relação entre jardinagem e padrões mais gerais de ideologia estética", continuei, no tom do professor divertido, mas não isento de uma ponta de desafio sexual. "A idéia do jardim é a de criar uma imagem da natureza, utilizando como meio o mais alto nível de arte, enquanto, ao mesmo tempo, permite apenas a percepção marginal da presença dessa arte. O efeito do jardim de pedras do templo zen de Kyoto advém da intensidade de suas ausências — o jardim é o que é em virtude do que não é. Não se trata do 'menos é mais' — se você perdoar meu gesto irônico —, mas do fato de que menos é mais, a maximização da omissão."

A alvura das flores, a pureza da amada, a primavera imanente.

"Não vejo o que tem uma coisa a ver com a outra", replicou minha petulante materialista. A essa altura, havíamos parado de andar. Ao colocar o braço pouco acima de seu cotovelo, franzi a testa e voltei o olhar na direção do canteiro de gerânios, fazendo com que se movesse.

"Mas que coisas têm a ver com outras?", perguntei, no melhor estilo impostor do Continente. "Na tarde em que assei o *gigot*, comecei a pensar seriamente na estética da ausência e da omissão. O modernismo conduziu o criador responsável ao entendimento de que certas escolhas artísticas já não são possíveis. Escrever como *x*, pintar como *y*, compor como *z* tornaram-se evidência de falta de seriedade, de falta de disposição para habitar o presente artístico.

"Daí, chega-se logo à consciência de que a seriedade do artista, a medida de seu talento e apreciação de seu mérito, o cálculo triangular a permitir que cada um avalie a altura de sua montanha particular são dados por aquilo que lhe parece impossível, intransponível, inacessível, proibido, barrado, banido e negado. O artista deve ser avaliado pelo que não faz: o pintor, pelas telas que deixou abandonadas e não tentou fazer; o compositor, pela extensão e intensidade de seu silêncio; o escritor, pela recusa a publicar ou mesmo escrever. Entende-se que *a parte mais importante da obra de qualquer artista é o trabalho que sabe já não ser possível tentar realizar.* Pelos artistas que se lançam cegamente pelas avenidas da banalidade, da mediocridade e da publicação, sentimos apenas o desprezo fastidioso e compadecido do grande cozinheiro que escapa de uma revolução, disfarçado, de *mufti*, forçado a parar em uma hospedaria de aldeia onde vê a proprietária destruir a matéria-prima ao continuar o cozimento além do ponto e utilizar técnicas mal ensinadas — a carne tostada, a sopa aguada e cheia de grumos, os vegetais flácidos, a higiene rudimentar —, mas que não pode revelar seus conhecimentos, sem correr o risco de revelar sua identidade e ser morto; assim como a ignorância do marquês de Chamfort, quando fugiu da Revolução Francesa, causou sua captura e o levou à guilhotina, pois deixou que percebessem que achava serem necessários dez ovos para fazer uma omelete. Assim, os trabalhos criados pelo artista da maneira mais completa, as obras que meditou e compreendeu, são as que não tentou realizar. O artista brinca com uma idéia, convive com ela, tateia, testa, até compreender que é impossível realizá-la — e aí, quando compreendeu integralmente, foi quando, em certo sentido, a criou mais inteiramente do que seu *Doppelgänger* menos inteligente. Este, fatal e descuidadamente, cometeu o erro ingênuo, naturalmente encantador mas idiota, de transferir pensamentos para papel, tela ou piano."

"É", disse minha deliciosa inquisidora, na tentativa típica de bancar a indiferente ou desinteressada que deixava ainda mais evidente, para o olhar avisado, sua excitação crescente. "Mas como é que se pode saber? Ou seja, quem pode saber dos livros que você não está escrevendo, das esculturas que não está fazendo, o que for? Que diferença existe entre isso e ficar parado, sentado em cima do seu bumbum?"

Considerei a pergunta prova de que nosso raciocínio seguia as mesmas linhas.

"Os príncipes secretos do pensamento", murmurei, "que andam entre nós de *mufti*. Mas quem sabe quem são, quem sabe onde vão, quem sabe de onde vêm? Seu comentário é comovedoramente justo. O gênio aproxima-se da impostura, a correlação entre interesse e fraudulência é alta, a ponto de perturbar. Mas talvez haja algum proveito a tirar do esmaecimento da distinção entre vida e arte."

Há, no fundo do jardim, um assento de mármore frio diante do corpo de água ligeiramente pequeno para servir de pouso para aves aquáticas, mas maior que a bacia coberta de lírios e infestada de peixinhos dourados dos jardins dos chalés convencionais. Certos capins produzem a impressão de natureza selvagem. Os juncos se perfilaram em saudação faraônica quando nos sentamos na pedra gelada.

"Pensei num recente artigo de jornal. Um casal especializado naquela disciplina disparatada que se chama 'arte performática' tinha começado uma 'obra' nova. Cada um tinha de partir de uma das extremidades da Muralha da China e andar na direção do outro; a intenção era de que se encontrassem a meio caminho. O 'trabalho' relacionava-se a conceitos de separação, dificuldade, distância e à existência de diferenças categóricas entre trabalho artístico e projeto de vida; relacionava-se à falência das formas tradicionais de expressão. Pequenas (ou grandes) aventuras que ocorressem *en route*, como problemas gástricos, incidentes relacionados à continuidade das rotas nos trechos em que a muralha estava interrompida, desentendimentos hilariantes e falta de compreensão tanto por parte dos chineses como dos andarilhos, tudo isso fazia parte do 'trabalho'.

"Era isso o que se pretendia. Mas as coisas ocorreram de outra maneira e deram margem a que a experiência fosse considerada um fracasso. A parte masculina do casal, um holandês, parece ter se apaixonado à primeira vista por uma jovem chinesa em uma das aldeias por onde passou. Os olhares se encontraram por cima da tigela de arroz comunal, esse tipo de coisa. Num relâmpago, reconheceu que aquela era a mulher de sua vida, abandonou a outra metade, desistiu da 'performance' e foi morar na aldeia à espera de que as autoridades dessem luz verde ao casamento. A infeliz primeira parceira também abandonou o projeto e voltou à cidade nativa, Heidelberg, onde passou a ocupar-se da importante tarefa de divulgar entrevistas com críticas ao antigo companheiro.

"Ora, o evento, o desastre, parece-me tão emocionante e pungente como qualquer obra de arte criada na segunda metade deste século. Quem, afinal, pode garantir que o trabalho esteja concluído? O abandono aparente, a paixão à primeira vista, a desintegração do programa original, tudo isso faz parte de um projeto maior, revitalizado, de um trabalho que, ao focalizar certos pontos como a inconstância, a sorte, a paixão, o Oriente romântico e assim por diante, também *genuinamente* dissolve as fronteiras entre a vida e a arte, enquanto desafia *radicalmente* a estrutura limitadora e conceitual da estética antiga. A idéia inicial para o projeto da muralha chinesa continha uma espécie de heroísmo banal na sua retórica fora de moda. Mas o trabalho refeito implica transgressão genuína, tristeza, surpresa, alcance, lusco-fusco, assim como reconhecimento verdadeiramente contemporâneo do poder da contingência.

"Mas isso nos leva de volta ao problema que você de modo tão procedente levantou, há alguns momentos, ou seja: como se pode saber? Pois se o escritor que não escreve, o pintor que não pinta, o compositor silencioso são exaltados por não terem sido reduzidos à realidade, resta o risco de que a obra de sua vida permaneça desconhecida, sem reconhecimento, em virtude de não ter sido revelada.

Como você sabe, a noção da genialidade foi inventada por Giorgio Vasari. Vasari foi um fofoqueiro inteligente, cuja capacidade de julgamento, surpreendentemente apurada, é inigualável. Usou como exemplo a figura de Michelangelo — e quem o criticará? Mas entre os relatos dos conflitos do gênio com o meio adverso (o material era pouco plástico, o temperamento difícil, a estupidez dos patronos) ressalta um momento radioso e sugestivo. Depois de uma nevasca particularmente severa em Florença, cidade de clima mais instável do que às vezes se supõe, Piero de Medici, filho do mais famoso Lorenzo, convida o grande artista ao palácio para fazer um boneco de neve. Conhecemos apenas o relato de que se tratou de criação 'muito bela' — mas quem duvidará da excelência transcendental da obra, de seu status de 'boneco de neve mais bonito de que há registro', nas palavras de outro autor? Talvez esta, a menos permanente, a mais fugidia e evanescente das obras de Buonarotti, seja a que suscite mais diretamente a idéia de nossa própria impermanência e transitoriedade, nosso aprisionamento no momento presente — enfim, talvez se possa considerar esta, seguramente mas não sem uma ponta de provocação, *a obra mais importante de Michelangelo.*

"E que sabemos dessa obra-prima? Resposta: nada saberíamos se não fosse o testemunho de Vasari. O biógrafo e contador de histórias aparece aqui como colaborador, componente essencial na transmissão do trabalho à posteridade, à audiência. Aqui, de fato, está a resposta à sua indagação: como sabemos? Sabemos porque alguém nos disse; porque houve um testemunho — 'e apenas eu sobrevivi para contar a história'; porque o projeto do artista e seu compromisso de não romper o próprio silêncio permanecem inabaláveis, embora, ao mesmo tempo, a obra tenha sido plenamente expressa. Em outras palavras, a obra de arte existe por causa do espectador e a qualidade do espectador é fator determinante nas ordens mais elevadas da criação artística. A obra que existe de forma perfeita, ideal, sem defeito, é a que existe apenas na mente do artista e na do colaborador e testemunha. Ao me dar conta desse fato, vi que minha própria obra, cujos delineamentos me vieram à mente neste mesmo jardim, a obra que consiste na intenção da obra, necessitava de um colaborador, apóstolo, testemunha. E é essa parceria, essa companhia, esse evangelista que busco desde então e que penso que ambos, deixando de lado jogos e indiferença fingida, estamos começando a suspeitar que acabo de encontrar."

Foi um momento de rara solenidade. No lastro dos episódios importantes de nossa vida, muitas vezes ficamos com a sensação da emoção adiada, do esvaziamento gerado pela pressão da *expectativa* da emoção, do sentimento que nossa educação nos treinou a ver como emoção padrão, aprendida. A falsidade dessas emoções: triunfo e derrota, irmãos gêmeos na impostura, na mais pura acepção da palavra; amor; tristeza; ou, para pensar em exemplo específico, gratidão. Acho que ainda não foi suficientemente ressaltado que a gratidão não existe; o termo descreve a emoção cuja existência é exigida pela ética para compor uma álgebra moral, para equilibrar equações, tal como os astrônomos calculam a existência de massas estelares invisíveis, os "buracos negros" excessivamente citados nestes nossos tempos, por sua interação com a matéria visível. Mas, no caso, o buraco negro é ausência real, mais do que presença ausente, porque no espaço em que rotineiramente se atribui existência à "gratidão" o que há é um sentimento composto de dever, culpa e, especialmente, ressentimento. Nenhuma ação, ao longo da história do mundo, foi realizada por gratidão. Como dizia, o fato de que essas emoções são falsas manifesta-se em nossa consciência, como percepção de uma falta interior, como percepção daquilo que não estamos sentindo. Mas, ao mesmo tempo, somos conscientes de que falta algo, algo que deveria estar

— somos plenamente conscientes da forma da emoção, do espaço estrutural que deveria ocupar, mas não do conteúdo, do sentimento em si mesmo. Essa discrepância ou lacuna se manifesta como pressão expectante, de forma que todas as grandes emoções da vida acarretam a experiência sutil de um anticlímax anestesiante. Naquela ocasião, no entanto, a união das duas mentes foi intensa: a emoção foi tão grande que minha companheira demonstrou seu efeito da maneira mais comovedora e vívida de que fazem uso os seres humanos, ou seja, por meio de um ataque de riso compulsivo, como os que ocorrem nas igrejas.

Enquanto sofria esse paroxismo, em explosão demonstradora da plenitude de sua submissão ao momento, pronunciou a fórmula que a uniu irreversivelmente ao nosso agora projeto conjunto. Numa época mais antiga e amável, em tempos mais confiantes, poder-se-ia dizer que a jura sagrada emergiu da gruta de seus lábios como uma sacerdotisa a descer a escadaria do templo; direi, apenas, que prometeu. Enquanto dava a última risada, o corpo ainda a sacudir como a terra depois de um grande tremor, o que agudizava o tom de sua voz e o afinava, como também ocorre nas danças sagradas dos dervixes, uma espécie de alegria budista tomou conta dela em meio à maior gravidade e solenidade, uma *sprezzatura*. Ela pronunciou o voto: "Palavra!".

Nem todas as receitas de carneiro são necessariamente sanguíneas. Ainda bem, dada a repugnância que impede certas pessoas de comer carne na qual se vislumbre o menor resquício de sangue. A vizinha em St. Eustache que tinha mania de aparecer para mergulhar na piscina, no que, aliás, demonstrava invejável falta de cerimônia, costumava, antes de acabar seus dias de maneira trágica, pedir carne "bem passada", para que os sucos desaparecessem completamente. "Para que comer carne se vai comê-la dessa maneira?", ouvi um francês observar a outro que pediu algo *bien cuit*. O cozido da coitada da Mary-Theresa também não era sangrento, como outros preparados que envolvem o cozimento longo e lento desse animal tão adaptável e que recaem na mesma categoria. O pato de Northumbria, por exemplo, receita do Norte da Inglaterra de pá de carneiro desossada e recheada de forma a parecer a ave aquática, prato que exibe, no contexto em geral pouco imaginativo de nossa cozinha nacional, um veio de má culinária fantasiosa e lúbrica comparável a uma figura impecavelmente trajada do *establishment*, digamos um bispo, que subitamente, ao suspender as calças, deixasse aparecer um par de meias cor de limão. Outras receitas comparáveis são as do *djuredi*, ainda uma das últimas glórias específicas do que foi a cozinha iugoslava; o sólido *cwl* galês; o perfumado *arni ladorigani* da Grécia, pungente pelo orégano, aquela erva malcompreendida, indispensável à confecção de uma boa pizza; a *kapama* búlgara nas duas versões, uma apropriada à primavera (cebolas e alho), a outra ao outono (cogumelos). A pouco encantadora *tokana* romena. É incrível como muitos desses pratos são originários de países cuja culinária tende a parecer ligeiramente primitiva. Além disso, está a tradição islâmica do preparo da carne, presente no Reino Unido, nas mencionadas lojas de *kebab* e nos arranjos ostensivos e provocantes das vitrinas dos açougues *halali*, bem como nos *inmos* de carneiro, no *tagine* de carneiro e nas obras-primas da cozinha persa, que incluem o uso inteligente do abricó.

O pernil de carneiro desossado recheado de abricós é uma dessas receitas provocadoras de revoluções equivalentes às de Copérnico ou de Einstein ou a uma das descobertas da matemática (a *tilinga* de Penrose, os fractais de Mandelbrot), que nos fazem perguntar se a mente é capaz de descobrir a existência de objetos inscritos em alguma ordem ideal ou potencial ou se apenas *inventa* o princípio, como se inventaria uma nova chave inglesa ou frigideira. Isto é, a receita em questão demonstra que carneiro com abricós é uma combinação existente em relação não apenas complementar mas inserida em níveis superiores de necessidade. Trata-se de um sabor existente na mente de Deus. Certos encontros têm qualidade de descoberta lógica: bacon e ovos, arroz e molho de soja, Sauterne e *foie gras*; trufas brancas e macarrão; filé com fritas; morangos com creme; carneiro e alho; Armagnac com ameixas; porto e Stilton; sopa de peixe e *rouille*; galinha e cogumelos. O explorador dedicado, na primeira degustação de qualquer dessas combinações, sentirá impacto semelhante ao da descoberta de um novo planeta. Nas artes possivelmente se encontrará o exemplo mais próximo. No decurso de uma vida, a relação com qualquer desses tesouros inclui períodos de tédio, *ennui*, *anomie*, *déjà vu*, isso tudo já foi feito; mas de repente, quando a exaustão e o cansaço estão prestes a dominar, quando começamos a adquirir a certeza de que já atingimos o máximo de familiaridade com todas as fascinações possíveis, encontramos outra voz, ou maneira, ou técnica cujo efeito vem a ser tão renovador como o achado de um pacote de víveres pelo explorador do Ártico que já havia perdido toda esperança; assim, o intrépido aventureiro é poupado de ter que jantar seus próprios cães. A descoberta de um artista até então ignorado é a de novos recursos: vejam o primeiro encontro com Mallarmé ou com as últimas peças de Beethoven (certas pessoas obtusas alegam ter encontrado algo do gênero no trabalho do meu irmão).

A complementaridade é um mistério profundo do paladar, assim como o é no relacionamento entre as pessoas. Há uma unidade subjacente à pluralidade que surge quando encontramos espíritos que vibram na mesma freqüência do nosso. Não esqueçamos que a ressonância de uma nota particular é uma das forças poderosas da natureza. Pense que um órgão pode emitir uma nota capaz de demolir uma catedral ou na velocidade precisa dos ventos que pode dilacerar a estrutura de pontes suspensas. O princípio contrário, o da antipatia, da falta de afinidade, é igualmente (mais?) poderoso. Durante algum tempo, depois de ter envenenado Hercule, o hamster que meu irmão tinha ficado de vigiar, conservei o pacote meio vazio de veneno de rato em minha pequena sacola de couro, de onde o tirava, de vez em quando, para contemplá-lo, como se olharia o retrato de um primo querido. O homem que me vendeu o veneno, pago com dinheiro laboriosamente economizado (calculava o número de doces que tinha vontade de adquirir e depois dividia o total para comprar apenas a metade do que queria), parecia um dos itens de uma loja de venda de animais de estimação pouco freqüentada e mal localizada. De sobrancelhas ralas e narinas vermelhas, parecia um hamster afligido pelas primeiras dores do envenenamento, ou um jabuti apenas parcialmente desperto do período de hibernação. Entregou-me a caixa azul que continha o pó branco granulado com expressão de coveiro (guardo na memória a imagem do punho de camisa rigidamente engomado e do casaco branco mal lavado). No momento da troca do pó pelos francos economizados, um duende impulsivo me levou a sussurrar: "*Pour empoisonner le hamster de mon frère*". Sorriu. Se o sorriso denotou divertimento grosseiro com o que imaginou tratar-se da fantasia de um menino de escola, ou compreensão mais ampla e cumplicidade, até hoje não sei. Quando apanhei a ração de Hercule, ignorava santamente que o dia chegaria em que meus semelhantes considerariam tal alimento digno de ser ingerido por seres humanos. Tenho de admitir, no entanto, que existe uma receita persa aceitável de bolo de sementes de girassol.

O prato cuja receita darei, a seguir, é o mais tradicional e sem complicações, e também o melhor, de todos os tratamentos do *gigot d'agneau*; trata-se da maneira bretã de preparar carneiro nascido nas planícies pantanosas salgadas, *agneau pré-salé*. Quando ouvi o termo pela primeira vez, pensei que *pré-salé* queria dizer salgado previamente, referente à circunstância de que esse carneiro específico, depois de ter pastado em terrenos de alta salinidade, especialmente os que cercam o Mont St. Michel na Normandia, tinha passado por uma espécie de salgadura interna, como se a mão benevolente da natureza adiantasse o tempero. A idéia é ligeiramente menos ridícula do que parece. Basta recordar a crença tenaz, na minha amada Provença, de que o carneiro local sabe a ervas selvagens, secas ao sol da *garrigue* que come diariamente. Mas tomei o termo "pré-salgado" por uma espécie de ordem direta e pouco sentimental, à maneira francesa, no capítulo das instruções culinárias, como se um ônibus escolar passasse, cheio de crianças a olharem da janela, aos gritos de: "*Maman*, olha, carneiro já salgado". A semelhança entre *pre* e *pré* é um exemplo clássico do falso amigo, ou *faux ami*, que permeia liberalmente as línguas francesa e inglesa. A convergência gramatical dos dois idiomas multiplica os pontos em que frases se comparam termo a termo, alinhadas como rodas dentadas ou zíperes, enquanto permite a proliferação de palavras que não significam o que parecem significar. Isso é tão verdadeiro que as duas línguas em seu conjunto poderiam ser consideradas falsas amigas. Idéia sugestiva (a de amigo falso tem aplicação mais geral e utilidade em esferas que transcendem a gramatical. Na vida em família, particularmente).

Aqueça o forno previamente. Pincele (com manteiga e azeite) o carneiro, três quilos para oito pessoas; cozinhe o tempo necessário. Se tiver dúvidas, use um termômetro de carne. Ou então faça pequenas incisões na carne. Nelas, insira fatias de alho e folhas de alecrim. O acompanhamento clássico, na Bretanha, é o prato de feijões verdes, *flageolets*.

O leitor atento terá reparado que não ofereci menu para acompanhar o assado. Faço-o agora:

Omelete
Carneiro assado com feijões verdes
Pêssegos em vinho tinto

Costuma-se fazer preceder a carne por uma omelete no La Mère Poulard, o restaurante pega-turistas do Mont St. Michel, aonde, confesso, meus passos às vezes me conduzem quando visito o Norte da França. O que não ocorreu nessa ocasião. Há algo, nos lugares mais visitados do mundo pela beleza e "interesse", que torna os cenários mais impressionantes incrivelmente banais. Os frisos do templo de Mahabalipuram e os arranha-céus de Nova York estão impregnados pelo excesso de familiaridade das experiências a que nos acostumaram de antemão a televisão e os livros turísticos. O Mont St. Michel recai sob a mesma categoria, obviamente. As filas serpenteantes de turistas que sobem as vielas não contribuem para restaurar a singularidade desse sítio extraordinário, uma qualidade que, como ocorre com tantas belas coisas na arte ou na natureza, inscritas no gênero familiar/famoso, só pode ser captada nos primeiros segundos do encontro, antes que o filtro da rotina desça como uma cortina de aço ruidosa e você se ponha a folhear distraidamente a revista em vez de admirar embasbacado uma das maravilhas do mundo. Minha mãe, na primeira visita ao Mont St. Michel, durante uma expedição a partir de Paris, parou no extremo longínquo da *chaussée* tantas vezes inundada e me deixou absorver em silêncio a visão de certa forma intensamente céltica do rochedo: donzelas ansiosas a esperar em torres esmaecidas, cachorros adormecidos, saciados, sob a mesa do banquete. Como regra geral, é mais fácil dar do que receber presentes (e o dom de receber é muito mais raro que o de oferecer; concede-se muito mais no ato de receber, enquanto, na doação, o oferente retém os atributos do poder, ou seja, patronato e controle). Tal regra não se aplica, contudo, a momentos no tempo. Ser capaz de oferecer a alguém um minuto de silêncio, uma vista ou uma visão requer grau incomum de finura psicológica. Pode-se imaginar o sentimento de violação e intranqüilidade introduzido nessa instância perfeita de comunicação silenciosa quando meu irmão interrompeu a rapsódia de quietude e, dando um arroto explosivo, perguntou, grosseiro, qual seria o horário do almoço e, com sarcasmo, se era comum as pessoas morrerem afogadas nas inundações da *chaussée.*

O almoço no La Mère Poulard foi minha primeira refeição em restaurante prestigiado por uma estrela do guia *Michelin.* O impacto teatral da cena dos ovos sendo batidos foi notável. Convenci-me da sabedoria das histórias caseiras que recomendam o uso de panelas de cobre. Fiz de cabeça um esboço encantador que retratava a cena. Dei-o timidamente de presente à minha mãe na mesma noite. Ela acabava de tranqüilizar a recepção do hotel, em seguida a um incidente que envolveu meu irmão. Este havia entupido a privada com dois (!) exemplares rasgados do *Le Figaro.* Tentava promover uma experiência rudimentar de fabricação de *papier mâché.*

A incomparável Elizabeth David fornece a receita de *omelette de La Mère Poulard* no livro *Cozinha provençal francesa.* Um *gourmand* parisiense pediu-lhe por carta a célebre receita. Respondeu: "*Voici la recette de l'omelette: je casse de bons oeufs dans une terrine, je les bats bien, je mets un bon morceau de beurre dans la poêle, j'y jette les oeufs et je remue constamment. Je suis heureuse, monsieur, si cette recette vous fait plaisir*". Note-se a simplicidade desdenhosa do fecho. A língua francesa adapta-se maravilhosamente a essas notas de cortesia pouco sinceras, como o evidenciam frases do tipo: "*Je vous prie d'accepter, cher monsieur, l'expression de mes sentiments les plus distingués*". Uma das mulheres de Bartholomew sintetizou admiravelmente o sentido dessas amabilidades: "Vá se fritar".

Minha própria receita de omelete é menos receita do que listagem de recomendações. Em primeiro lugar, é difícil exagerar a importância da frigideira. Deve ser usada uma frigideira de ferro, de dezoito centímetros de diâmetro e de base espessa. Esfregue-a com um pano ou papel, mas nunca a lave. Considere-a como se fosse um membro da família. Em segundo lugar, aos ovos devem ser dadas duas ou três voltas com um par de garfos, sem bater, não obstante as orientações de madame Poulard. Em terceiro lugar, a manteiga será de boa qualidade. Junte os ovos quando a espuma tiver baixado mas antes de a manteiga mudar de cor.

Como já observei, esta viagem à França não se destinava a incluir uma visita ao hotel-restaurante de madame Poulard. Na manhã que se seguiu à sopa de peixe, fui tomar café no hotel atraente e afastado que havia descoberto na véspera. Os demais clientes enfrentavam em silêncio seus desjejuns, iluminados pelo sol que invadia a sala de janelas com barras verticais. Dois embaixadores *du troisième âge*, a cabeça do homem expressiva e prateada, com um corte de cabelo militar, o laivo de arrivismo da mulher traído pelo fio de pérolas que trazia ao pescoço (nunca antes do almoço), a saudar nosso comparecimento tão tardio com um gesto de cabeça acompanhado da palavra "M'sieur", em voz baixa, um americano solitário a franzir a testa ante a página de notícias do mercado de ações do *Herald Tribune*, um par de lésbicas, creio que professoras, trajadas com calças compridas sensatas, que consultavam múltiplos livros turísticos; e uma família de ingleses, os pais empenhados em controlar a prole refratária e larval, que exemplificava uma das novas inversões de nossa época: se, no passado, eram os filhos que superavam a situação social dos pais, às vezes com conseqüências humanas difíceis, agora ocorre o oposto e nos vemos diante da situação chocante, embora não surpreendente, como tantos outros casos na vida moderna somam o chocante ao não-surpreendente, em que pais amáveis, obviamente de classe média, com interesses e aspirações de pessoas educadas, criam filhos com sotaques, atitudes e ocupações desavergonhadamente proletários. Havia também um par de padres, hospedados no hotel que se imaginaria caro para eles, o mais velho com o rosto comprido, estreito e magro de um retrato de El Greco, sob a coroa de cabelos castanhos grisalhos, cortados em forma de cuia por mãos obviamente amadoras. O casal em lua-de-mel ainda não havia descido.

Pode ser assustador dirigir um carro cuja direção fica à direita nas estradas de tráfego à direita da França. Os veículos rurais, de certa forma ao mesmo tempo mais precários e menos engraçados do que os ingleses, são especialmente desafiadores. Obrigam a esticar o pescoço, a manter nervos de ferro, a dirigir com bons freios e boa aceleração e, nas estradas secundárias, testam a habilidade do motorista de calcular o espaço de ultrapassagem à esquerda ao mesmo tempo em que tira um fino inesperado de um muleteiro estóico. É mais fácil efetuar a transição da esquerda para a direita quando o modo de transporte foi igualmente transposto. Nos primeiros momentos encantados da chegada à França, durante os quais o ar, a luz, a verdadeira matéria da existência parecem sutilmente alteradas, realçadas, as possibilidades de inteligência e prazer aumentadas, a mudança de lado da estrada passa a simbolizar a modificação mais ampla; naqueles primeiros segundos, quando se tem de forçar a disciplina mental e olhar na direção certa com o reflexo cultivado de um homem que procura inculcar um hábito, como se poderia praticar boa dicção ou posturas mais eretas, nesses momentos nunca deixo de pensar no pobre Mitthaug, cambaleante na frente do trem que se aproximava. Por essa e outras razões, passei a manhã a recolher o carro que havia reservado por telefone com alguns dias de antecedência, embora, como o sabem os que forem familiares com os excessos de formalismo dos procedimentos administrativos franceses, a ação sempre acarrete o risco de não dar certo, por causa da falta de previsão do interessado, que deixou de trazer a certidão de nascimento do bisavô materno ou cinco diferentes comprovantes de endereço. No caso em questão, não ocorreram calamidades dessa ordem. O funcionário vestido de *blazer* da agência de aluguel apresentava eficiência à americana, rápida, talvez inspirada no modelo que o fez comprar os impertinentes óculos escuros que trazia postos. Apanhei um Renault 5, combativo, com teto solar manual, esperto e não poderoso, adequado às necessidades.

Tive o cuidado de não liberar o quarto antes de apanhar o carro novo e assim regressei pelas ruas estreitas de St. Malo, cometendo um único erro de navegação que me levou a uma espécie de pátio interno, limpo, lavado, calçado com paralelepípedos, uma praça residencial abrigada da luz matinal como se os habitantes estivessem de luto ou em *purdah*. Na França, o ato de pagar uma conta ou de encetar qualquer outra transação comercial envolve uma série de matizes de expressão. Em alguns casos, o tom é rápido, abrupto, em outros, claramente voraz, estranhamente íntimo, confidente, desdenhoso — mas é quase sempre permeado de certa intensidade gaulesa. Um dos aspectos reveladores da seriedade com que os franceses encaram o dinheiro é que nunca se ouve falar de contas enxertadas ou alteradas, embora naturalmente sejam numerosas as confusões e omissões da cozinha em si mesma. Nesse caso, acertei as contas com *madame la propriétaire* em pessoa, que personificou a versão bem-humorada do interesse infalível do francês por dinheiro. Aceitou com benevolência o que lhe era devido, deixando entrever apenas um ligeiro traço de aquiescência safada — a atitude de uma madame de prostíbulo que troca amabilidades com o cliente, sem conseguir banir totalmente da memória o conhecimento que conserva das preferências particulares do freguês.

Guardei a mala, bati as portas e me acomodei no carro, os mapas espalhados no assento do passageiro. Observei, pelo espelho retrovisor, a entrada do hotel do outro lado da rua. A rota provável da viagem me levaria a oeste, na direção da Bretanha, em vez de a leste e norte, na da Normandia. A dieta normanda de creme e maçãs lembra os invernos duros e a escuridão brutal que terá impelido os povos nórdicos primitivos a buscar climas mais quentes e menos previsíveis. O Mont St. Michel e as glórias passadas do litoral normando, tão simpática e exageradamente elogiados por Proust, não eram o meu alvo. Antes, no entanto, estaríamos passando por Dinan, uma cidade de veraneio que na Inglaterra seria provavelmente descuidada e classe média, com um toque de malícia, mas que na França assumia a qualidade de um desbordamento racional e maduro. É típico que os franceses tenham desenvolvido a idéia do jogo no contexto do cassino, palavra que, na origem italiana, significava bordel, aplicando o talento de sintetizar e esquematizar à categoria do acaso, na esperança de transformar a sorte em ciência, uma espécie de taxonomia da probabilidade, baseada nas emoções do entusiasmo e do desespero. E, é claro, ganhando com isso montes de dinheiro. Agiteime no assento do carro, os elegantes óculos escuros a me protegerem da claridade matinal. Do outro lado da rua, uma matrona de lenço na cabeça negociava o caminho de volta do mercado.

Nossa refeição, até aqui composta de omelete e *gigot d'agneau*, está um tanto pesada. (Qual seria a palavra mais apropriada ao caso? Bocado, um bocado pesada?) A sobremesa adequada seria refrescante, leve, aguda, clara, com reflexos de ordenamento proustiano a matizar a *terribilità* à la Michelangelo dos serviços precedentes. Sugiro pêssegos em vinho tinto, sobremesa simples e direta, capaz de se transformar em fórmula mais complexa. Assim, uma das afirmações mais sublimes de elegância, mais sofisticadas e refinadas, o vestido preto em sua simplicidade insuperável, pequeno vestido preto, pvp, é capaz de conferir à portadora o título de a mais elegante, mesmo na atmosfera sofisticadamente mundana, dramaticamente estrangeira e estranhamente doméstica que envolve a saída de um hotel para entrar num carro alugado, a bolsa dependurada, um comentário jogado para alguém que ficou atrás, como se atira a ponta de um xale por cima do ombro e se caminha na direção do macho cansado, ofegante, carregado de malas, que interrompe um instante a tarefa de guardá-las porque a amada voltou ao hotel com a celeridade de Ariel regressando aos bastidores, e ele tendo que resolver um exercício combinado de solução de problemas, somado ao teste de liderança, diante da comissão militar de seleção de oficiais: estas taboas, esta corda, estes homens, aquela ravina, pronto, construa uma ponte.

Conte um pêssego por pessoa, deite cada fruta em água fervente por trinta segundos, para depois descascá-la e retirar-lhe a semente.

Dê a todo mundo um cálice de vinho tinto ou Sauterne se preferir (prefiro, prefiro). Mergulhe aí os pêssegos fatiados. Açúcar, se o gosto mandar — *de gustibus non est disputandum.*

"Você disse uma vez que os pêssegos lhe fazem lembrar seu irmão", recordou há pouco a pessoa encarregada de escrever minha biografia. Fingi não recordar. É verdade que associo a fruta peluda à lembrança de meu irmão, graças a um incidente desafortunado que ocorreu quando ambos éramos pequenos. Um caso de envenenamento quase fatal aconteceu quando de uma de minhas primeiras aventuras culinárias. Preparei uma geléia de pêssegos e sementes de pêssegos, também, sendo que as últimas contêm, como se revelou, cianogênio, um composto estável que, em contato com enzimas (ou quando se esmagam as sementes com um pilão), produz a célebre toxina cianureto. A fruta caía literalmente do galho das árvores, naquele verão, nas imediações do chalé onde passávamos as férias, vindo ao solo com um ruído tão visível como quase audível. Não consegui conter o impulso de tentar fazer geléia, cujos princípios básicos me haviam sido ensinados por Mitthaug, o qual, à moda tradicional da culinária nórdica, era aficionado a todas as formas de conservas, picles e condimentos. Embora agudo, o desconforto de estômago de meu irmão não foi (obviamente) fatal. O *médecin* (cuja fisionomia sombria denotava o poder oculto e a tristeza próprios de um duque angevino esculpido em baixo-relevo) passou por maus momentos durante quarenta e oito horas, assim como minha mãe. Não houve culpados. Para registro, não é o cianureto que tem cheiro de amêndoas, como está retratado no que virou lugar-comum de filmes policiais *noir*, mas sim a carne humana intoxicada com o veneno. Alcança-se o mesmo grau de toxicidade com o uso de sementes de maçã assadas.

Lembro-me de uma vez ter explicado a Bartholomew que a influência da arte oriental sobre a ocidental — não estava, naturalmente, nesse contexto elevado, pensando nos borrões e construções dele próprio — comparava-se à introdução de plantas e vegetais orientais, de efeito muito mais amplo e profundo do que os grandes movimentos da história, guerras, revoluções, migrações e outros. Considere-se, por exemplo, a história do pêssego, encontrado primitivamente na China, trazido pelos persas para o Ocidente (daí o nome, *Prunus persica*; embora uma das versões reze que Alexandre, o Grande, trouxe a fruta na bagagem misturada aos frutos dos demais saques), antes de ter sido levado mais para oeste, para a "verdadeira" Europa, pelos romanos. Contemplar a história é contemplar o vazio. Se compreendêssemos bem a história da batata desde a sua origem, no Peru, onde suas propriedades foram tão cruciais para o desenvolvimento da civilização mais elevada (em termos de altitude) que já existiu que a unidade de horário dos incas era calculada na base do tempo de cozimento de uma batata; de sua chegada por volta de 1570 à Europa, onde se transformou em colheita dominante, em virtude da facilidade de plantio e cultivo, do alto teor de carboidratos e vitaminas e da adequação à cultura de subsistência; a resistência francesa ao tubérculo, a título de alimento para seres humanos, relacionada à crença de que seu consumo provocava lepra; a maneira como Antoine-Auguste Parmentier, que adquiriu o gosto da sopa de batata em uma prisão prussiana, conseguiu reverter-lhe a fama a ponto de transformá-la no sabor da moda, tanto assim que, na corte de Luís XVI, passaram a usar flores de batata nas lapelas, estando até hoje homenageado o autor da mania nas apelações *potage parmentier* e *crêpes parmentier* (parece que alimentava a esperança de que o tubérculo viesse a receber seu próprio nome; num jantar em homenagem a Benjamin Franklin concebeu um menu que incluía batatas em todos os pratos); a trágica apoteose na Irlanda do século XIX, onde suas várias virtudes foram responsáveis pelo estabelecimento de uma virtual monocultura que redundou em escassez e fome causadoras da morte de milhões de pessoas, bem, se verdadeiramente compreendêssemos essa história, cada bocado de batata que ingeríssemos saberia a cinzas e não o conseguiríamos engolir. Mas, é claro, compreendemos, mais ou menos, e continuamos, ainda assim, a comer, assim como a consciência de que uma criança morre de fome ou de doença facilmente curável em algum lugar do mundo a cada poucos segundos não impede que continuemos alegremente a viver nossos dias. Esquecer esses fatos, ignorá-los e distrair-nos é ato essencial da vida civilizada. "Cada ato de civilização é também um ato de barbárie"; este é um fato que a batata nos faz recordar; e que o tubérculo compadecido nos leva em seguida, sensualmente, a esquecer.

Conforme havia previsto, passamos a manhã viajando para oeste, para dentro da Bretanha, atravessando o litoral recortado de pequenas covas e baías, onde a água fria invade os *abers* e marés baixas e chatas tentam penetrar o próprio coração da França. Toda terra em que predominam baías estreitas e braços de mar padece do sentimento da insularidade, do tempo a pesar nas silenciosas estradas interioranas, onde as vidas permanecem paradas em meio aos trigais. A Bretanha parece um modelo da Cornualha realizado em escala uma e meia vez maior, de céu mais amplo e extenso, com muros de pedra e sebes mais rústicos, árvores mais escassas mas também mais altas e presença mais forte e poderosa do oceano Atlântico. E o litoral introvertido da Bretanha lembra a expansão vertiginosa das distâncias que se encontra na matemática fractal; percorrer suas três mil milhas de costa equivaleria a caminhar de Brest a Pequim ou de Marrakesh a Durban. Num símile moderno do paradoxo de Zenão, quanto mais próximo o foco, maior a aparência da distância.

Passamos por plantações de beterraba e pastos com vacas e, uma vez, por um campo surpreendente, inesperado, de lavanda; a cor roxa exigia da mente alguns segundos até que a registrasse, que permitiam superar a resistência dos neurônios ante sua aparente impossibilidade. Uma vez, deixando o chalé em Norfolk, de regresso a Londres ao final de um fim de semana solitário mas proveitoso, me dei conta de ter esquecido uns papéis. Havia trancado a casa e apagado as luzes, mas ainda não tinha chegado ao carro ou ligado os faróis. Minha relutância em voltar à casa escura (céu encoberto, sem lua, negritude interestelar) cresceu rápida e exponencialmente; sabia que estava com medo de encontrar um fantasma. Mas o medo era menos do fantasma em si mesmo, pois afinal que poder tem uma aparição dessas a não ser o de aparecer? Que outro poder requer? Não se tratava de algum desfecho de filme de horror, a múmia cambaleante a cumprir alguma maldição ancestral, o fugitivo da prisão portador de sua serra de cadeia, mas do medo de ver uma coisa impossível. Temos medo dos fantasmas porque eles não existem. Ver um deles, então, que significa?

A Bretanha tem extensa tradição de leis sobrenaturais. Quero dizer, de folclore. O papel ali desempenhado pelos fantasmas é disputado pelos presságios, pelas premonições e pelos avisos. Em nenhum outro lugar esses ressurgimentos sutis têm a proeminência de que gozam na Bretanha. Isso prova que, para o bretão, as barreiras entre os mortos e os vivos são permeáveis, percepção que confere a toda a sua cultura um sentimento que só pode ser qualificado de fantasmagórico. A percepção da premonição é, é óbvio, curiosamente semelhante à ansiedade neurótica, à noção de que o desastre iminente se esconde, expectante, por trás das esfarrapadas tapeçarias da normalidade. Os romanos antigos, que também eram fortes nessas coisas, devem ter vivido em estado permanente de crise nervosa, temerosos de que cada expedição os levasse a topar com augúrios desastrosos na forma de um simples corvo, de uma imagem de si mesmo, captada de relance, refletida numa superfície de tipo inauspicioso, ou até mesmo de uma nuvem malformada a mover-se na velocidade errada na pior direção. Talvez haja analogia entre as estruturas psíquicas da precognição e da arte, que também depende do efeito de acumulação de palpites, visões de relance e gradual construção de antecipações que atende pelo nome de “significado”.

A morte, por conseguinte, impregna a Bretanha de sua singularidade cultural. É como se os enfeites característicos de bretão, os nomes engraçados, a psicologia que se diz impenetrável, na prática, por qualquer forasteiro, as peculiaridades culinárias em termos de pescado, panquecas e ausência de vinho ou queijos sérios, os vislumbres de afinidades pan-célticas nos surtos da linguagem original bretã, os Kers e Kars e Yanns a se erguerem da límpida onipresença do francês como um recife de coral das águas transparentes, apenas para ganharem uma paródia de meia vida turística, graças a gestos simbólicos como a nomenclatura bilíngüe de placas de rua, é como se tudo isso fosse uma série de acidentes, de coisas alugadas por um criador de figurinos, destinadas a ilustrar (mas, no máximo, servindo para esconder) a realidade fundamental e substantiva da bretonicidade, que é o sentido da proximidade e da reversibilidade de todas as transações entre este mundo e o outro. Só no México a imagem da morte (figura colorida, de comparável dureza pré-cristã e de Carnaval, *carne vale*, adeus à carne) é tão viva e grotesca como a do esqueleto bretão meio cômico, aterrador e careteiro conhecido como "Ankou". E em ambas as culturas a energia com que se celebra a morte constitui um tributo, muito pagão, à pressão da presença e da substancialidade da vida. Para dizê-lo de outra maneira, alguém alguma vez, na história do mundo, ácreditou genuinamente na realidade da vida depois da morte? Quando Mitthaug caiu na frente do trem na estação de Parsons Green, será que achava que haveria mais, lá no lugar de onde vem aquilo tudo? Suspeita-se que não.

Estacionei o carro no acostamento de grama maltratada e andei os últimos duzentos metros até o *enclos paroissial* de Kerneval. Trata-se de exemplo clássico do *enclos*, combinação de igreja, estátua e ossário peculiar à Bretanha. O visitante vê, em primeiro lugar, a entrada monumental da praça da igreja, um arco alto que suporta três arcos menores colunados sobre uma balaustrada profusamente esculpida. A estrutura está cercada por profusão caótica de figuras que representam, em progressão cronológica da esquerda para a direita: Eva nascendo da costela de Adão (Adão barbado, pacífico, Eva inexpressiva e aparentemente de tranças; uma vaca e um carneiro, animais do campo, observam com aparente espanto); a destruição de Sodoma e Gomorra, ou, mais especificamente, a fuga de Lot e de sua família, simbolizada por três figuras de tamanho crescente, que se movem para a direita de mãos dadas, tendo, por trás, uma forma equívoca e indefinida, presumivelmente a da sra. Lot depois de ter olhado para trás (o Velho Testamento não poupa detalhes sobre o comportamento real das pessoas); a arca de Noé, uma embarcação pequena e tubular contendo o que parece ser uma cabra, um porco, uma vaca (outra vez) e um elefante fora de escala, assim como o vulto de um pastor enchapelado, portador de cajado, talvez o próprio Noé; adiante, encontramos uma Judite convincente e marcial, a ostentar a cabeça de Holofernes (cujos olhos, como os de Adão, estão fechados); um homem adulto dando cambalhotas diante de uma caixa carregada sobre um palanque por homens menores, presumivelmente David a dançar em frente da Arca da Aliança; e a figura gorda de uma mulher debruçada sobre a criança deitada na cesta de pedra — Moisés entre os juncos, com lavadeira.

Além do pórtico, espécie de Arco do Triunfo, existe uma espécie de pátio com cemitério, que leva à igreja. À esquerda, um prédio de granito baixo com telhado de beirais; não era difícil identificar o aspecto funcional, ameaçador, *memento-mori* do ossário. Isso transformava a área fechada em volta da igreja em espaço regido por, sob o signo de, antepassados mortos. A verdade que essa área expõe é a de que carregamos nossos antepassados conosco em cada um de nossos gestos; quem não se viu perpetrando gestos tão cotidianos como o de apanhar um copo, tirar o pó de uma lareira, para reconhecer, com um sobressalto (uma das poucas coisas que se fazem "com um sobressalto"), que se trata do gesto do pai, ou da mãe, inconsciente mas minuciosamente reproduzido? O mesmo talvez se aplique a momentos mais extremos, e o rugido (ou grito, ou gemido, ou ronco, ou miado) que se emite no momento de ejacular seja cópia exata, rima não ouvida do som emitido por nosso pai no momento em que fomos concebidos.

A igreja de Kerneval não corresponde à promessa de sua monumental arcada. As proporções são sutilmente erradas. O ângulo agudo do teto e a massa retangular das paredes conspiram no sentido de deixar de desafiar as leis da gravidade; a estatuária sob as janelas, achatada abaixo do friso altíssimo, não é do padrão das narrativas do Velho Testamento que acabamos de discutir, em parte por não contarem histórias, tratando-se meramente de personagens do Novo Testamento armados com emblemas de suas respectivas identidades, Mateus com sua bolsa de fiscal de impostos, Lucas com instrumentos de pintura. "Pedra nunca se parece tanto com pedra como quando não consegue parecer outra coisa", comentou Bartholomew uma vez, a respeito das mantas dessas mesmas estátuas, que definitivamente não fluíam ao vento. Em suma, a obra está despida do toque vivificador do artista. Teria morrido, sido mandado embora, ficado entediado ou apenas partido, levando sua sacola de instrumentos e seu burrico? Teria, com um afago de sua mão familiar, silenciado o cachorro do dono, ao partir sorrateiramente e sem se despedir para dentro da imensa bacia da noite bretã? Minha própria arte, feita igualmente de adeuses e ausências, ressoa com esse mistério.

Naquela ocasião, relutei em entrar na igreja. Pela manhã, incapaz de escolher a peruca que usaria, havia saído tarde, contentando-me em pôr um chapéu trilby cinza-carvão. O chapéu amassado, elegantemente displicente — do tipo que se usava nas comédias do estúdio da Ealing —, repousava agora, com ligeira sensação de ardor, não de todo desagradável, no meu crânio fresco, recém-raspado. Entrar na igreja pressupunha o gesto respeitoso de descobrir a cabeça, naturalmente impensável. Além do mais, haviam entrado antes de mim e provavelmente sairiam a qualquer momento. De todo modo, o interior da igreja não tem interesse, à parte a tapeçaria anacronicamente quase abstrata que representa a vitória de algum conde numa batalha, e o altar excessivamente ornamentado, coberto por uma toalha bordada hedionda e piegas, na qual leões e carneiros se deitam lado a lado, e se vêem espadas sendo transformadas em arados e o mais. No que respeita ao espaço, o interior tinha os defeitos do exterior ("Tinha que ser, não tinha?", como meu irmão costumava dizer, muitas vezes apropriadamente, mas, ainda assim, com misteriosa freqüência). Faltava-lhe a noção das leis básicas da estrutura. Quanto a mim, aprendi tudo o que tinha que saber sobre as leis da proporção com o *dry martini* (o acréscimo de uma cebola transforma o martíni em *gibson.* Nomes de coquetéis proliferam como níveis hierárquicos no exército da Ruritânia). A regra é: ingrediente principal (gim), ingrediente secundário (vermute) e nota de graça (casca de limão, azeitona). Essa é a lei da proporção e do ritmo subjacente a todas as artes plásticas, da confecção de coquetéis e da culinária à arquitetura, escultura, cerâmica e costura. Lembre-se de onde a ouviu pela primeira vez.

Não era inteligente ficar à espera no portal. Decidi parar para almoçar. Do outro lado do *enclos* havia um hotel. Fora desse prédio, seis mesas ostentavam barracas anunciando *pastis* que pareciam fungos mutantes gigantescos a reagir ao sol de julho. (Um dos prazeres da viagem é a identificação de futuros lugares de comer. Ah, a gente se diz, *ali* terei meus desejos satisfeitos.) No caminho, esquivei-me de uma Mercedes asmática cujo motorista, talvez com os dias contados, fazia a volta da praça no sentido errado, enquanto sua mulher, uma loura oxigenada, examinava atentamente um *guide vert.*

Podemos ser exageradamente sentimentais com relação à cozinha francesa. No seu nível mais alto, não se pode negar que, além de ser capaz de excessos, consiste precisamente nesses excessos. Pratos como a *volaille truffée au beurre d'asperge à la crème de patate Elysée Palace* existem em níveis que ultrapassam a possibilidade mais louca de paródia. Tais pratos são o produto de imaginações febris sob grandes toucas brancas. Não obstante, a França é dotada de competência culinária cotidiana inigualada em qualquer país de meu conhecimento. Trata-se de competência manifestada como ciência sensorial da vida comum, a aplicação da inteligência ao prazer. Pierre e Jean-Luc, meus vizinhos campestres, só falavam com liberdade — digna, precisa, exata, como a de engenheiros — quando discutiam aspectos técnicos da culinária. Devo a Pierre algumas especificidades de meu repertório gastronômico, como a melhor maneira de fazer tripas, ou saber quais dos pássaros que os dois irmãos costumavam matar com seus terríveis bacamartes tinham miolos comestíveis, ou meu conhecimento das propriedades de ligadura do sangue do coelho. A sra. Willoughby, aquela vizinha que gostava de chegar sem ser convidada para aproveitar-se da piscina, uma vez apareceu sem ser convidada quando Pierre e eu sangrávamos um coelho que acabara de ser decapitado, deixando o sangue correr para dentro de um pote de pedra, comprado de uma mulher vestida de jeans na feira de Cavaillon. A sra. Willoughby teve que correr (mais uma vez o tema da falta de convite) para dentro *do cabinet de toilette*, de onde ouvimos os ruídos inconfundíveis de vômito em grande escala.

Como conseqüência prática desse hedonismo evoluído e cartesiano (digo cartesiano porque a atitude francesa diante do prazer não é totalmente coesa, inteira, epicurista, estética no que respeita ao ser, como se poderia imaginar fosse a de alguma ilha idealizada dos Mares do Sul; é, ao contrário, produto da aceitação cabal da fissura que existe entre corpo e mente: diz, sim, meu corpo e minha mente são totalmente separados, portanto preciso aplicar o poder da mente de forma a tirar o máximo proveito da posse de um corpo; nada representa aceitação mais completa da dualidade do homem que um *poulet à l'estragon* bem cozido), os franceses tiram duas horas para almoçar e seus menus fixos apresentam muitas vezes excelente relação entre qualidade e preço. O menu fixo do Hotel Kerneval oferecia, por setenta e cinco francos, escolha de vários pratos da cozinha burguesa sólida — *terrines*, *pâtés*, *rémoulade* de aipo, *moules marinières*, *gigot d'agneau*, bife de cavalo, *brandade de morue*, metade de uma lagosta grelhada (com cinqüenta francos de suplemento), frutas, queijo, *crème caramel*, *mousse au chocolat*, *crème brûlée*. Tive que insistir amavelmente com a garçonete tímida, enrubescida (que dava sinais claros de espanto e admiração ante o meu perfeito domínio do francês), para obter uma mesa com vista sobre o *enclos* e os carros estacionados à sua frente.

Pedi sopa de agrião e linguado grelhado acompanhado — já que a Bretanha não é produtora de vinho e a sidra não convinha ao meu paladar delicado do meio-dia — de meia garrafa, com ar de coisa de solteirona, de Menetou-Salon, com um litro de água mineral *du pays*, numa garrafa vermelha que serviria para resgatar acidentados do ar e do mar.

Um casal jovem saiu da igreja de mãos dadas e caminhou na direção do ossário.

A sopa de agrião, bem apresentada, havia alcançado a textura rica que acontece às vezes. Certas categorias de sopa atingem robustez inesperada, densidade de sabor e freqüentemente de textura — sopa de amêndoas, de ervilhas, de *lovage*, e outras. São como obras de arte, e não estou pensando nas de meu irmão, nas quais delicadas filigranas de detalhes locais, somadas, resultam numa solidez aglomerada de grande efeito.

Àquela altura, o restaurante do hotel estava cheio. Perto de mim, um casal trajando elegantes calças de couro, parisiense a julgar pela placa do BMW, ele não na primeira juventude, e sua bolsa Gucci maior que a dela, debatia sobre a conveniência de pedir ou não a lagosta. Com a pressão do serviço, o rubor da garçonete se transformara numa vermelhidão de esforço, a temperar a brancura de sua pele de normanda loura, um colorido que se vê nas meninas voltando de bicicleta de um colégio em Norfolk.

O casal jovem caminhou na direção do arco monumental, ainda de mãos dadas, e se pôs a examinar as estátuas. Ela falava mais.

O linguado pequeno é um dos peixes mais subestimados. Está mais perto da qualidade de seu prestigiado primo de Dover do que o quer a sabedoria recebida dos outros. Aquele exemplar teve a frescura incontestável prejudicada por certo grau de imprecisão na hora de ser levado ao fogo. Vinha acompanhado de excelentes *frites*; foi servida, depois, uma salada verde aceitável. Nuvens que tinham estado atravessando rapidamente o céu na parte da manhã começaram a adensar-se, estendendo a sombra refrescante sobre a terra por períodos de cinco e dez minutos. Mostrar formas nas nuvens era a atividade favorita de minha mãe durante os ataques de Melhor Mãe do Mundo. Olha, um cavalo. Olha, um antílope. Um melão. Um *loup garou*. Um *loup de mer*. Um *sale voyeur*. Um *hypocrite lecteur*.

Depois do linguado pedi *crème brûlée*. Esta, na forma de um prato chamado creme queimado, era, no início, um pudim inglês, embora, é claro, se tratasse de fenômeno europeu. A *quiche*, por exemplo, é um creme *savoury*. Apicius tem receita, do primeiro século desta era, de um queijo Pan. Contei a quem comigo colabora, com o misto de carinho e melancolia que caracteriza o relato das loucuras da juventude (não tão distante, diria), uma coisa que fiz no que chamei de meu período estético. A idéia, tomada de Huysmans, era servir uma refeição integrada apenas por alimentos pretos. Isso ocorreu no breve intervalo que passei na universidade, de onde parti decorridos dois semestres (o *barulho*, meu bem, e a *gente*). Pintei o quarto, um heptágono banal no edifício banal de uma das faculdades mais chiques de Cambridge, aliás em desobediência aos regulamentos mais intrusivos, de preto. Cama, lençóis, apetrechos, lâmpadas e o mais, tudo preto.

"Fiquei uma vez num hotel elegante de Nova York que era assim", interrompeu minha interlocutora, com a impetuosidade que acompanha a relativa falta de anos mas não indica necessariamente, se os demais indícios demonstrarem o contrário, falta de respeito pelo outro, antes um interesse muito ativo, a espumar e se derramar como o leite esquecido sobre fogo forte. "Era tão sofisticado que quando você acendia a luz continuava sem enxergar."

No quarto preto, vestido de veludo preto, gravata de seda preta — não havia necessidade de mudar a cor da orquídea no meu peito —, procurava organizar refeições exclusivamente em torno de comidas pretas: trufas raladas sobre macarrão feito com tinta de lulas, seguidas de *boudin noir* sobre um leito de *radicchio* negro frito. Como sobremesa, queria enfatizar a artificialidade essencial do evento, o fato de se tratar de uma celebração de arte, capricho, em oposição aos fatos brutais da natureza e da morte; servi, pois, *crème brûlée*, tingido de preto. Bebemos, é claro, Black Velvet, aquela invenção inglesa, que combina o bom-tom dos clubes com o esteticismo dos anos 90, tipo Café Royal, a que meu pai me apresentou com sua costumeira elegância num bar de hotel — o Shelbourne? o Gresham? — em Dublin. Meu pai se antecipou à acusação costumeira de estar desperdiçando uma boa Guinness ao insistir em que se utilizasse a cerveja Courage Imperial Russian, difícil de ser encontrada, rica, grossa, doce, como se encarnasse a *douceur de la vie* que Talleyrand alegava ser desconhecida de quem não viveu antes da Revolução Francesa. Talleyrand passava uma hora por dia em conversa com o cozinheiro, em certo momento o incomparável Carême. Quando o grande diplomata avisou o grande cozinheiro dos perigos dos fogões aquecidos a brasa, o gênio de touca respondeu, de forma definitiva para todos os membros das profissões criativas: "Mais breve a vida, mais longa a fama".

Bartholomew chegou àquele cenário refinado hora e meia atrasado, vindo direto de seu estúdio vestido de macacão (contrariamente às instruções que lhe havia dado quanto ao traje) e dizendo: "Que diabo! Morreu alguém?".

A nota de esvaziamento proposital das situações e de realismo macho, a expressão desabusada de opinião demasiado direta eram típicas de meu irmão. Ele era de certa forma muito literal, faltava-lhe sensibilidade para os matizes. A força rude de realização prática transparecia em sua escultura (embora nenhum dos críticos aparentemente o tenha notado), menos na textura ou matéria da obra (embora talvez nisso também, para o olhar mais agudo) que no próprio fato de existir aquele trabalho. Como disse antes, há, em toda e qualquer obra de arte acabada, algo de estupidamente literal, algo de cego, de desatento e brutalmente indiferente, algo da crueldade imperturbável e macia do policial que prazerosamente leva o visitante a percorrer os sítios de uma série de assassinatos famosos. Para dizê-lo em outras palavras, embora o Próspero de Shakespeare — sábio, experiente, sincero, cheio de poder — seja visto como o porta-voz do criador, talvez o auto-retrato mais preciso seja encontrado na figura amarga, mutilada, deformada e incontrolável do poeta Caliban.

Acontece que a cidade bretã de Kerneval em que estava almoçando (ou, se você estiver disposto a sucumbir por momentos à ilusão sempre chique do presente histórico, em que estou almoçando, embora no momento esteja ditando estas palavras num quarto de hotel do Lorient, cujas persianas, em combinação com a luz amarela a balançar do lado de fora da janela, conspiram como para desfechar um ataque experimental visando induzir-me a uma crise de *petit mal*) tem algo das pinturas rudes e diretas que meu irmão produzia naquele período. Esse trabalho é de antes da época em que começou a concentrar-se na escultura. Os borrões estão guardados no *musée d'art contemporain* local, um prédio quadrado do século XIX, situado na parte fechada da praça que, estranhamente, por uma dessas saladas quixotescas de orgulho local e de sentido deslocado de mérito (os franceses sendo quase tão notoriamente erráticos como os russos amantes de Jack London na hora de avaliar os produtos artísticos do mundo de fala inglesa), leva o nome de meu irmão. Dá para imaginar a briga na *mairie*; os amigos do prefeito cabalando sobre o *pastis* enquanto o cunhado e inimigo jurado, líder da oposição comunista local, arma um plano com seus cupinchas em cima de um copo de sidra; o impasse mexicano na sala mal ventilada de *style pompier* do prédio do conselho municipal, a resultar na solução de compromisso, a saber, a idéia de dar ao museu o nome de Bartholomew. A parte principal do trabalho exposto de meu irmão, "inspirado" pela arcada do *enclos* (e como era característico dele proclamar-se inspirado por uma obra tão manifestamente superior em escala, realização, finalidade, acabamento), era uma série de pinturas que retratavam os apóstolos e evangelistas não de forma direta mas nos seus atributos identificadores, devidamente modernizados: a rede de pescar de Pedro, os pincéis de Lucas, a máquina de calcular de Mateus, o não sei que de João, tudo com o ar de fardos jogados para o lado, a significar a maneira como os discípulos deixaram sua vida anterior de lado quando saíram atrás de Cristo.

O jovem casal saiu do museu e voltou ao arco para contemplá-lo pela última vez. A certa distância, o arco parecia vivo, inteligente, como se um momento da vida real tivesse sido preservado de forma instantânea sob uma chuva de cinzas do Vesúvio, uma representação da arquitetura não tanto como música congelada, mas como cinema sólido.

Caminharam pela beira da praça até o carro, mantendo-se na área marginal da calçada, estreita e grudada na parede, que parecia estar pedindo desculpas por existir aos motoristas que porventura incomodasse.

UM ALMOÇO EM TORNO DO TEMA DO CURRY

O papel do *curry* na vida contemporânea inglesa muitas vezes não é entendido. Entende-se (o *curry*, não a vida inglesa contemporânea) como um exercício no que os franceses chamariam de *le style rétro*. (Os franceses dedicam-se à gíria como modo de sistematizar os processos de inclusão e exclusão. Não o fazem com grosseria. Lançam mão daqueles métodos menores que, cumulativamente, demonstram a quem não faz parte do grupo que ele não captou a essência da questão, levando-o a sofrer a pequena derrota interna de não ter compreendido a piada, de não ter identificado a referência, como, por exemplo, o hoteleiro deste estabelecimento bastante razoável do Lorient — com três estrelas e florzinha que indica restaurante agradável, distante pouco mais de cem quilômetros do lugar onde almoçamos, distância percorrida graças à excelência do sistema da Route Nationale de preferência às *autoroutes* entupidas, competitivas, assassinas e surpreendentemente caras, e também à vivacidade e leveza do Renault, sem falar do tempo, com a brisa a soprar no chapéu de feltro abandonado sem relutância e a alternância de sol e sombra nos campos escurecidos pelo vento, tal como a alma de um homem responde às instigações de Deus —, o hoteleiro utilizou a palavra *resto*, na tentativa de superar meu domínio do vernáculo; como lhe respondi "*Oui, un bon resto*", notei, como jogador de pôquer, o pestanejar inadvertido causado pelo revés inesperado.) Dessa perspectiva, o *curry* representaria papel nostálgico e retrógrado na cultura culinária inglesa; a quantidade de restaurantes especializados seria prêmio de consolação pela perda da importância histórica e mundial; considera-se que entregamos o Império e recebemos, em compensação, como pagamento retardado daquela considerável fatura, o restaurante de *tandoori* da esquina.

Nada está mais longe da verdade. Se existe um motivo central do apetite histórico dos ingleses, é o gosto pelos condimentos e pela comida condimentada; a gula nacional pelos aperfeiçoadores de sabor e pelos estimulantes do paladar é um desejo despertado há cerca de mil anos. Pense no comentário de Carême ao chegar à corte do príncipe regente, no sentido de que o uso de condimentos era tão enfático que "o príncipe muitas vezes tinha dores que duravam dia e noite". Pode-se até dizer que o gosto pelos condimentos é um ingrediente (!) do caráter nacional, instinto comparável ao talento dos galeses para o canto, ao amor germânico às florestas, ao jeito suíço para a hotelaria, à paixão italiana pelos carros. Bacon condimentado, presunto de Barbados, filé apimentado, bolo de carne com ervas, repolho com páprica — o encantamento britânico pelas especiarias atravessa nossa história como uma melodia subjacente ou como o fundo percutidor, sobre o qual a música diária do tempo e da cozinha se eleva e vibra. Assim, registros de consumo de espécies na Inglaterra mostram apego heróico (especialmente) à superestimada canela; ao ainda mais superestimado (pouco aquém de francamente detestável) cravo; à saborosa, soporífera noz-moscada, irmanada ao macis; à aromática pimenta-da-jamaica; à esfuziante páprica; à histórica semente de mostarda; ao popular gengibre; à malagueta (que, é preciso lembrar, chegou à Europa pouco antes de os portugueses a carregarem para a Índia, onde aquela fruta fogosa daria algumas de suas mais notáveis contribuições culinárias); ao cominho caloroso, meu preferido, a lembrar que as camas no Oriente são macias; ao coentro, coriandro, evocativo do Levante (a etimologia grega, de *koris*, comemora o fato de que cheira ao humilde percevejo); ao arriscado cardamomo; ao *carvi* inconfundível; à lúgubre cúrcuma — eu poderia prosseguir.

Costuma-se erroneamente asseverar que o entusiasmo pelas espécies tem origem no desejo de disfarçar ou esconder a qualidade degradada do produto disponível, particularmente para esconder a corrupção da carne estragada. Isso é uma maldade terrível e muito louca. O tema dominante da cozinha inglesa é o uso dos condimentos por si mesmos, na busca de efeitos que — e é esta a chave real do paladar britânico — combinem o acre com o doce. Desde a data, em 1345, em que as firmas Sopers Lane Pepperers e Cheap Spicers se amalgamaram, até o lançamento comercial do molho inglês — *Worcestershire sauce* — em 1868, e em seguida ainda mais, a alimentação britânica é dominada pela busca dos sabores acre-doces concomitantes; refletem essa verdade costumes nacionais como os de servir cordeiro com molho de hortelã, que os franceses consideram uma perversão incompreensível, aliada às manias da flagelação e das palavras cruzadas crípticas. A paixão contemporânea por combinações violentas como a dos pratos acre-doces dos restaurantes chineses (que os próprios cantonenses qualificam desavergonhadamente de *lupsup*, ou lixo) não é espasmo de nostalgia colonial, mas a continuação vigorosa de uma fome que vem de antes do tempo das pequenas propriedades rurais, mais representativa da continuidade histórica do que de besteiras relacionadas a *beefeaters*, *cricket*, livros de preces, ou aos últimos bailes de formatura.

O mesmo gosto responde pela paixão nacional por determinadas marcas de molhos, *ketchups*, fermentos etc., muitas vezes de cores fortes e igualmente pouco sutis quanto ao paladar, de que meu irmão era dedicado entusiasta. Sempre se encontram esses preparados agrupados em fileiras seriadas, atentas, expectantes e brilhantes como soldadinhos, nas prateleiras de mercearias e nas mesas de cafeterias freqüentadas por operários e por Bartholomew, as garrafas amontoadas em torno do tomate de plástico amassado, cheio de *ketchup*, que ainda traz a marca do dedão forte do freguês anterior.

Lembro-me de ter mencionado este e outros pontos semelhantes, como sempre com ar atraente de onisciência qualificada, à minha colaboradora. Jantávamos num restaurante indiano de alta categoria (linho, pratarias) na capital; eu mesmo acabava de chegar de Norfolk, e ela, naturalmente, havia aberto espaço em sua agenda para encontrar-me. Estávamos em fase inicial de negociações e discussões. Por isso, quis jantar em público de maneira a tornar a ocasião mais teatral e — do modo paradoxal que têm os espaços públicos e de acordo com a lei termodinâmica dos casais, antes referida, pela qual uma refeição tomada em público sempre constitui avanço ou recuo na relação, nunca estabilidade — fazê-la parecer mais íntima. A atmosfera do restaurante, de uma solidez burguesa, e a autoridade calma do mobiliário pesado conferiam-lhe ar de clube; no primeiro andar, o salão principal com janelas altas e os garçons tâmeis sérios sugeriam permanências e destilações misticamente duradouras do Império.

De que falamos? Do tempo, da qualidade similar da luz em cidades preferidas pelos pintores no Sul da França e na Cornualha (Collioure, St. Ives), receitas de *curry*, por que as pessoas gostam de ler biografias, a falácia da idéia da falácia das biografias, o *Elogio da loucura*, o gosto compartilhado por lojas de antiguidades, o uso de impostores na ficção de P. G. Wodehouse, a arquitetura de sir John Soane, como ambos achávamos tedioso o tema do "inglês excêntrico", a moda feminina de algo que ela chamou de "saias ra-ra" e que lhe disse me parecerem deliberadamente menos atraentes do que o *tutu.*

Nossas entradas — termo estranhamente literal; afinal, não chamamos os pudins de "saídas" ou "conclusões", mas, por outro lado, quem realmente merece sua sobremesa? — foram recolhidas por nós mesmos do opulento bufê. Escolhi uma berinjela frita agradavelmente crocante, um pouco de *raita* de pepino e um *poppadum.*

"Tinha medo de ir a restaurantes indianos quando era pequena porque pensava que a gente tinha que comer cachorrinhos, *puppy dogs*", confessou minha companheira.

"Só comi cachorro uma vez, numa visita experimental e que nunca repeti a Macau. Havia-se ganho algo espetacular na roleta e se queria comemorar o evento com uma ceia inesquecível. Celebrava-se, depois, com uma garrafa de Krug e uma caçarola de cachorrinho. Não foi um sucesso — de certa forma, a carne era ao mesmo tempo fibrosa e gorda. Vinha servida numa espécie de caldeirão, que se parecia com os que podem ser vistos nas encenações de *Macbeth.* Tinha gosto de galinha. O melhor da comida foram os vegetais fritos no óleo quente, algo que se pode encontrar em restaurantes cantonenses que não são de primeira linha. Os cantonenses denominam essa precisão na fritura de 'fragrância do *wok*'."

"Eu seria incapaz de comer cachorro. Vomitaria."

"*J'aime les sensations fortes.*"

Demos seguimento à refeição com um *curry* de peixe de Bengala, feito com merlúcio e um pouco de excesso de cúrcuma (para o senhor), e uma codorna assada na brasa, ou antes, codornas bem executadas, com uma camada de condimentos enegrecidos, servidos sobre um leito, obrigatório mas profundamente não indiano, de alface picada (para a senhora).

As codornas me levaram a pensar em Pierre.

"Tenho uma casinha na Provença — nada de espetacular, pouco mais que uma choça, na realidade. Passa-se o verão ali. Os vizinhos (isso, naturalmente, ocorreu muitos anos antes de o lugar ter ficado infestado de ingleses, na última década) são dois irmãos encantadores, rústicos, simples, tão provençais, e felizmente se tem um certo vislumbre do dialeto local aprendido na leitura de Cavalcanti. Um ou outro está sempre aparecendo com alguma coisa que pegou ou matou; lembro que Pierre uma vez me trouxe alguns passarinhos, apenas um pouco menores do que estas codornas. Não vou nunca esquecer como tirou as vísceras deles com um movimento largo da mão e como os achatou com a outra, com a palma das mãos — *tchoc.* Achatamento instantâneo. Deixei-os na vinha d'alho por uma ou duas horas. Assei-os na brasa — *magnifique.* Mas sempre me pareceu um milagre que os irmãos conseguissem matar alguma coisa deliberadamente."

"Seu irmão gostava muito de comida? Interessava-se?"

Sempre a associo à sensação da luz, à chegada imprevisível de qualidades de luz — através de galhos que se movem ao vento ou que incidem obliquamente num aposento, como Zeus transformado em raio de sol para seduzir Dânae.

"Não tenho certeza de que se interessaria pela idéia de interesse. É uma categoria tão secular de atividade mental — implica o esvaziamento do conteúdo. Não se pode imaginar Dante ou Pascal 'interessados' em algo. O interesse de Pascal pela roleta era uma confrontação terrificante com a imanência onipresente do seu criador, a entrevista face a face com Deus. Você não poderia perguntar se lhe 'interessava', assim como não pode perguntar a um toureiro se ele se interessa por touros, a um homem num barco durante uma tempestade se 'se interessa' por recifes, a um bailarino no apogeu do salto se 'se interessa' pela força de gravidade, a uma prostituta que confere o saldo de sua conta se ela 'se interessa' por homens. É condição de nossa banalidade a de nos interessar pelas coisas; é por isso que acreditamos que a idéia de interesse tem alguma força. Nenhum dos eventos importantes de nossa vida é 'interessante' — nascimento, envelhecimento, morte. Um homem pousado à beira do abismo passou além do interesse pelo vazio. *Abyssum abyssum vocat.* Meu irmão não tinha nenhum interesse, no sentido distorcido da palavra, mas tinha grande gosto por molhos e *ketchups* de marca. Levou uma caixa grande de molho HP quando foi viver na Bretanha. Seria talvez mais justo falar de paixão e não de interesse. É certo que afligia minha mãe, embora ela sempre fingisse divertir-se quando o via empapar os *oeufs sur le plat* (tão infinitamente superiores aos nossos ovos fritos, como espero ter o prazer de demonstrar uma manhã destas) num molho retificador de carne, pungente e escuro. Gostava dos picles preparados por nosso cozinheiro norueguês e uma vez o vi comer uma jarra inteira das cebolas de *cocktail* de Mitthaug, que eram tão gostosas que se tornou piada corrente na família a sugestão de que ele deveria abrir uma empresa para fabricá-las."

"Imagino que era muito ocupado para dedicar-se à cozinha."

"Tinc, tinc, tinc, tinc, tonc, tonc, tonc. Nunca deixava o cinzel longe de sua mão. Mas gostava de se ocupar de ensopados e *daubes* e coisas do gênero, de uma forma viril e rústica. Nossa empregada era irlandesa e o ensinou a fazer um ensopado irlandês aceitável. Começou a fazê-lo na época em que passou a dedicar-se mais à escultura do que à pintura. Um de seus locadores quis processá-lo por causa dos danos estruturais que provocou levando todas aquelas pedras para o ateliê. Havia uma procissão de trabalhadores carregando blocos de pedra, suando, alçando pesos impossíveis por escadarias precárias, como numa encenação doméstica da construção das Pirâmides, com o cenário impregnado pelo perfume do cordeiro sendo cozido a fogo lento. Noto, neste menu, que apresentam uma versão apimentada do cozido irlandês, adaptado ao paladar dos Christian Brothers em Madras."

"Você não se lembra do nome do proprietário que o quis processar?"

"De fato, a cozinha anglo-indiana é um tema em geral negligenciado mas fascinante."

O papel dos condimentos em geral e do *curry* em particular, na minha própria cozinha, não é pequeno, continuei. (Nesse sentido, o relato anterior da afinidade nacional pelas comidas apimentadas é um auto-retrato. Talvez toda descrição seja autodescrição, e toda palavra que pronunciamos, apenas o fragmento de uma autobiografia de nosso corpo, de nossa consciência, seu desenho completo discernível, como as linhas do deserto de Nazca, apenas por um observador cuja posição e motivos nossa imaginação tem de se esforçar por visualizar — serão marcadores de aterrissagem para óvnis? Colossais calendários astronômicos? Keats: "A vida de um homem de algum valor é uma alegoria contínua". Discutir.) Mas assinalo que meu gosto vai na direção da gama mais leve e viva de sabores do Leste, de preferência à dos *curries* e molhos pesados e grudentos prevalecentes na cozinha oriental transplantada para este país. A textura da versão corrente, nas casas que servem *curry*, daquilo que se transformou no prato nacional britânico deve muito à técnica de sua composição, que envolve um molho corrente, em seguida enfeitado por vários agentes de diferente toxicidade: grude corrente + *vindaloo gunk* = prato acabado. Pode-se ademais notar que quase todo restaurante "indiano" no país é, de fato, de propriedade e gerenciado por gente que vem da província interiorana de Sylhet, no Norte de Bengala. É como se todos os restaurantes "europeus" do mundo fossem dirigidos por equipes de andorrenses emigrados.

Meus próprios *curries* são mais vivos, mais tocados desse sentido de diferenciação e definição dos diferentes objetos que caracteriza o Oriente verdadeiro, em oposição ao imaginado e idealizado. Para ocasiões especiais e iguarias prepararei um *kurma*, o *curry* brando cujo emprego de queijo acre confere serenidade aos condimentos. É preciso cozinhá-lo duas vezes, uma vez antes e outra depois do acréscimo do traiçoeiro iogurte, para que fique, como disse minha jovem amiga acerca da técnica quase profissional que tenho de picar cebolas, "um tanto desajeitado". Em dias de festa e noites de fogueira tenho improvisado um *pilaff* ou um *biriani*, nos quais os temperos bem diferentes do arroz combinam com as qualidades mais pesadas ou delicadas do *curry* acompanhante, uma combinação tornada especialmente festiva pelo auspicioso e tradicional acréscimo de folha de ouro, embora eu deixe registrado que só encontrei, nas aplicações comestíveis desse metal volúvel, não obstante as propriedades medicinais que se atribuem historicamente ao ouro (aditivo autorizado pela lei européia que recebeu o nome venenosamente tedioso de aditivo permitido EU E175), bem, só encontrei desapontamento. Ambos os pratos são de origem mongol, criações de conquistadores arianos vindos do Norte, de pele clara, cujo papel de conquistadores e civilizadores é semelhante ao que desempenharam os normandos na Inglaterra. Meu irmão tinha um cálice de ouro que um mecenas excessivamente entusiasmado lhe deu como sinal de apreço e no qual, na minha opinião exageradamente, até mesmo segundo seus próprios padrões, guardava os pincéis. Tudo o que brilha não é E175.

Nosso menu consiste em:

> Curry *de ovos*
> Curry *de camarões*
> *Condimentos*
> *Sorvete de manga*

O princípio dessa combinação é que o prato de camarões é quente e estimulante, enquanto o de ovos é brando e soporífero. O sorvete de manga acrescenta nota agradável de doçura, frescor e acidez; a refeição demonstra unidade de propósito e de efeito dentro do quadro centrífugo de energias diversas, normalmente associado, mas não exclusivamente, às grandes obras das cozinhas clássicas do Ocidente.

Ao preparar os temperos, lembre que o recurso mais eficaz para atenuar o ardor da malagueta na comida é o apelo a elementos amidoados e frescos — arroz, batatas, bananas, cerveja, iogurte — e não à água, neutra e não intervencionista. Quanto ao sorvete de manga, você deve: 1. comprar uma máquina de fazer sorvete; 2. comprar algumas mangas; 3. seguir as instruções. Você pode olhar as receitas de *curry* num livro. Tenha em mente que a prática de tirar a veia dos camarões — abrir a casca com o dedo cirúrgico ou com uma faca e retirar o fio escuro do canal alimentar — só é necessária nos climas tropicais, onde a comida "estraga" rapidamente (como as pessoas, ou como o terno de linho numa tarde abafada), mas nesses lugares é realmente muito necessária, a não ser que você tenha a intenção de envenenar alguém.

"Talvez o faça para você algum dia", disse, de forma sedutora, depois de ter descrito o almoço de *curry* delineado acima, enquanto levava sensualmente o último bocado de papaia madura aos meus lábios ávidos. Nas outras mesas, os garçons limpavam, varriam, empurravam, arranjavam, como cirurgiões ou pilhadores em volta do campo de batalha arruinado do almoço.

"Seria agradável. Você o fazia algumas vezes para o seu irmão?"

"Era um dos favoritos de Bartholomew — uma refeição que devo ter improvisado para ele em meia dúzia de locais, confortavelmente em Norfolk, às pressas na Provença, uma vez tipo safári em seu ateliê imundo em Nova York, eu sempre chegando com um presente fraternal especial, carregando pequenos embrulhos de condimentos dentro de um vidro de café sem etiqueta, cuja identidade original ainda se podia reconhecer pela cor e pelo formato poligonal da tampa; ele sempre consumia quantidades deprimentes de *chutney* industrial."

O *curry* foi uma das poucas coisas de que Bartholomew veio a sentir falta quando morou na França. Tive ocasião de pensar nessas coisas hoje mesmo em Lorient, onde se pode apenas sentir, trazido pela brisa rápida, o cheiro do mar. O jantar no restaurante do hotel foi caro, excessivamente ambicioso e prejudicado pelo uso insuficientemente informado de condimentos a que os franceses são sujeitos (somente no mencionado *curry d'agneau* do La Coupole é que deparei com a compreensão adequada de *les épices*). Aqui, o prato ofensivo foi uma mistura malfeita de espécies e de frutos do mar alegadamente frescos (vieiras, lagostas, moluscos e uma ou outra ostra esponjosa), mas note-se que a afinidade entre crustáceos e cominho era conhecida desde o tempo de Apicius. Mais ou menos na mesma época, os romanos de boa casta tinham como um de seus passatempos preferidos comprar certo peixe vermelho, grande e fresco, convidar alguns amigos para jantar, retirá-lo do tanque de água e acompanhar, com gosto e langorosamente, sua mudança de cor (vermelho, laranja, canela, lavanda, cinza, prata) enquanto agonizava e falecia. Tal passatempo, embora recomendavelmente decadente e pretensioso, e bem interessante no tocante à maneira romana de encarar outras espécies de nosso planeta, parece, como ocorre com outras práticas de Roma, um tanto ou quanto *demais*, do ponto de vista do observador contemporâneo.

Depois do jantar, arrombei um quarto no andar abaixo do meu. A técnica de abrir fechaduras do tipo Yale com cartões de crédito sempre me pareceu perceptivelmente, até mesmo comicamente, mais difícil do que aparece nos filmes e na televisão. Por isso, fiquei contente ao ver que o manual de técnicas de vigilância do Mossad (*não* disponível na livraria da esquina, embora se possa obter fotocópia, via posta-restante, dos pequenos anunciantes nas revistas periódicas mercenárias mais paranóicas) recomenda simplesmente que se obtenha (o que pode, na prática, exigir a compra de algum *concièrge* ou vigia) um conjunto de chaves mestras.

O quarto estava mobiliado como o meu — escrivaninha de bom gosto aqui, minibar oculto num armário de teca ali —, mas era, notei, por preço igual, um pouco maior, conforme descobri ao checar as diárias. Havia uma mala masculina de couro grande, exibicionista, em cima de uma base de madeira dobrável, e outra marrom menor, dura, feminina, aberta em cima da cama, um ou dois vestidos mais elegantes cuidadosa e inteligentemente pendurados no armário. Vi um amontoado sugestivo de roupas de baixo limpas na caverna sexual aberta que era a mala escancarada sobre a cama. O tempo, porém, urgia. Enfiei a mão em uma das malas e retirei um grande pacote de documentos de viagem, o principal, aquele que buscava especialmente, um itinerário manuscrito, convenientemente situado em cima dos demais. Num minuto copiei datas relevantes, horários e reservas em meu pequeno caderno de couro; em seguida, juntei caprichosamente a documentação e a recoloquei no lugar. O abajur alto, estreito e excessivamente elaborado da mesa-de-cabeceira (perto de uma carteira gorda cheia de informações de hotel, folhetos turísticos e papel de carta) estava ligado embaixo da cama a um interruptor padrão continental de três saídas, que troquei rapidamente por outro, apenas ligeiramente mais gordo na aparência, e saí do quarto com uma mirada arrependida de despedida, depois de haver lançado um último olhar de eficiente inspeção geral para ver se havia ficado sinal da intrusão.

Tempo de tomar um trago. O garçom me contou, sem conter seu explosivo e tradicional divertimento diante da imagem das atividades a que se dedicam os casais em lua-de-mel, que o casal inglês (de fato cinqüenta por cento galês, mas naturalmente resisti à tentação de corrigi-lo) tinha saído sorrateiramente para jantar melhor e mais economicamente em uma *crêperie* sem nome e estaria de volta dentro de meia hora. Digeri a informação com a ajuda de um calvados novo e perfumado. Depois fui seguindo para o quarto, desdenhando o elevador (para horror da criadagem), e só parei o tempo de fazer um muxoxo diante de duas aquarelas representando paisagens, compreensivelmente relegadas ao corredor. Luzes da rua lançavam uma mancha iluminada, cor de sódio, em cima da minha cabeceira, outra razão para me irritar com o preço do quarto.

Esperei três quartos de hora e depois, às dez e cinco, peguei o rádio, um objeto grande, do tamanho da edição Penguin do livro *Mastering the art of French cooking*, com os auriculares já colocados. A freqüência havia sido sintonizada previamente. ("Foi modelado nos alto-falantes para bebês", contou o homem da loja, que se tinha cortado tão severamente ao barbear-se que parecia vítima de uma tentativa de suicídio malsucedida.)

"...e você não vai necessariamente descobrir coisas a respeito dele só com olhar a obra", dizia uma voz masculina imediatamente antipática.

"Fui picada. Por que sou sempre eu a ser picada?" Ouviu-se barulho de banheiro. "E nunca lhe disse que contariam coisas a respeito dele. E o contrário também não. Só que é interessante ver o trabalho nos lugares onde foi realizado, principalmente porque, em alguns lugares, fez as coisas para aqueles lugares. Além do mais, você sabia o que estava assumindo quando me assumiu. Sinto muito se a lua-de-mel parece desperdiçada. Não me toque. Prefiro coçar as picadas."

Houve sons de reconciliação silenciosa, de passos pelo quarto, de batidas, malas, armários. E depois houve outros sons.

Verão

REFLEXÕES GERAIS

UM "APÉRITIF"

VERDURAS E SALADAS

UMA SELEÇÃO DE PRATOS FRIOS

REFLEXÕES GERAIS

No verão, o cozinheiro inteligente provavelmente descobrirá que o menu formalmente estruturado desempenha papel menor. Abrandam-se as restrições das demais estações, que se impõem na forma de portas fechadas, janelas vedadas contra correntes de ar e roupas bem abotoadas. Essa distensão vem acompanhada da sensação de liberação psíquica, comparável às liberdades que se estendem às crianças no verão, na Escandinávia nativa do pobre Mitthaug, onde até a noção de hora de ir para a cama é abandonada em função do dia que vara a noite e do conhecimento de que o inverno chegará, para restaurar o equilíbrio, com sua escuridão infindável e punitiva. O sentimento de liberdade ampliada é passível de induzir à impressão paradoxal de opressão, às indagações do tipo "devo estar me divertindo — será que estou me divertindo? — não estou relaxando — estou muito tenso — devia me esforçar mais para tentar relaxar — preciso me divertir". Pensei detectar um ou dois sintomas disso na parte feminina de um jovem casal, evidentemente em lua-de-mel, que observei, no dia seguinte, do outro lado da sala definitivamente não muito cheia, e que me pus a observar através de um buraco no exemplar aberto do *Le Monde*, feito com a ponta quente do compasso e depois aumentado com a caneta e o dedo indicador criterioso. As más pinturas a óleo sinestesicamente penduradas nas paredes reproduziam o gosto ligeiramente rançoso do café requentado, servido em grandes vasilhas francesas falsamente despretensiosas.

Esta seção não apresentará menus rigidamente articulados. Antes, pode-se comparar o menu a uma frase em que unidades sintáticas individuais, nódulos de energia e lances de sabre são conectados por princípios gramaticais que unem os elementos, ordenam e controlam a energia, coreografam e coordenam os movimentos individuais de expressão, a fim de formar uma declaração coesa. E então este capítulo lembrará mais os aglomerados individuais de matéria psíquica que precedem a frase acabada. Em vez de receitas e menus em si mesmos, o leitor encontrará sugestões para receitas, faíscas a voarem da roda.

UM "APÉRITIF"

Embora a palavra *apéritif* seja evocativa — por transmitir a imagem viva de *luxe, calme et volupté*, um ar de vida comodamente vivida —, prefiro usar, para designar a bebida alcoólica consumida ao final do dia de trabalho, a expressão *sundowner*. A expressão indica a função da bebida, que serve para delimitar o ser solar, consciente, volitivo, realizador e trabalhador daquele outro, mais descansado, expansivo e desabotoado que surge com a noite. O momento em que se ingere o *sundowner* é episódio liminar, transição equivalente àquela que ocorre quando o xamã acaba de beber uma dose de urina de veado que apresenta, devidamente concentrada, a componente alucinógena *Amanita muscaria*, mas que, embora não totalmente liberado da percepção diurna (da sujeira, da pele grossa do animal totêmico a arranhar-lhe os ombros peludos, a lenha úmida do fogo tribal a soltar fumaça em seus olhos lacrimejantes), também ainda não decolou totalmente na viagem em direção ao estado alternativo de consciência, ao túnel sorvedouro que é a alteridade psíquica. O trago do final da tarde funciona como ponto da troca de *persona*; é uma das razões por que, como o quer a sabedoria convencional, "o trabalhador compulsivo é o oposto do alcoólatra".

Acontece que meu irmão era ambas as coisas, incapaz de impedir-se de dedicar horas intermináveis à sua série de ateliês — e quando digo a palavra "ateliê" vejo um balé flutuante de pó de pedra num espaço iluminado —, sendo que várias de suas amantes contavam a mesma história de terem tido que arrancá-lo de seus plintos e formões; ao mesmo tempo, toda pausa no trabalho detonava uma pandemia solitária de bebedeira, na qual se dedicava indiscriminadamente a absorver qualquer quantidade daquele que fosse o *vin du pays*, tanto assim que sua carreira de alcoólatra compreendia sessões de absinto em Marselha, disparates movidos a calvados na região de Cherburgo, orgias de sidra não longe de nosso hotel aqui no Lorient, porres de *arrack* na Capadócia, um período de abuso do *brennevín* quando estava pesquisando formações geológicas sediado em uma casa de madeira nas vizinhanças de Reykjavik, bacanais a sós de vinho tinto onde quer que morasse no continente europeu, viagens carregando genebra durante investigações no Rijksmuseum, uma volta a goles de bourbon no Sul dos Estados Unidos, seguido pela maratona de tequila no Novo México, um verão tocado a *scrumpy* em Devon, carraspanas de uísque no Soho sempre que visitava Londres e, é lógico, grande dedicação à cerveja, responsável por que fosse acolhido, num raio de vinte e cinco quilômetros em torno da casa de Norfolk, ou como um irmão que não se via havia muito tempo, ou como alguém proibido de botar a unha do dedo do pé além do limiar da porta. De fato, um de seus trabalhos mais conhecidos, *A libação*, tem como tema a bebida. A imagem do cálice derramado, na qual a pedra "evoca sensualmente", "captura miraculosamente" etc. etc. o líquido vazante, é demasiado célebre para ser repetida aqui.

Meu gosto em matéria de *apéritif* é clássico. É inútil pretender que qualquer outra bebida possa superar, antes do jantar, o vinho de Champagne, uma das mais inspiradas e inspiradoras invenções inglesas. (Quando disse o equivalente à minha colaboradora, no meu jeito às vezes maliciosamente controvertido, ela se surpreendeu: "Você o quê?", exclamou. Em reprimenda, citei o elogio que Etheredge, em *The man of mode*, dedica ao "champanhe borbulhante" que "cedo convalesce/ pobres amantes sorridentes/ dá-nos espírito e alegria e afoga todas nossas tristezas". Aqui a palavra-chave é "borbulhante", que antecede as referências francesas ao *pétillement* do vinho. As bolhas do champanhe são provocadas pela fermentação secundária que ocorre na garrafa; o processo de produção das borbulhas depende, assim, crucialmente da tecnologia do engarrafamento e da vedação — e nisso os ingleses foram pioneiros mundiais, graças à circunstância de que já usavam rolhas de cortiça para a cerveja engarrafada quando os franceses bebedores de vinho ainda empregavam tampões de cânhamo. Assim, os ingleses vinham afogando grandes quantidades de champanhe borbulhante desde a época da Restauração, enquanto os franceses levaram cinqüenta anos para alcançá-los. Valeu.)

Dito isso, o vinho de Champagne não se adapta a todas as ocasiões, tal como Mozart. Se o jantar for informal mas centrado na comida, uma reunião pouco cerimoniosa no terraço de nossa casa em St. Eustache, por exemplo, meu *sundowner* (e aqui a expressão parece particularmente adequada ao sol ainda potente da Provença a desaparecer atrás dos morros cobertos de oliveiras, lavanda e vinhedos) é o *blanc-cassis*, uma bebida que a pobre sra. Willoughby sempre se convidava a tomar, quando não se convidava a usar alguma outra coisa da casa, como a piscina. Carregando uma cesta de vime simbólica (em alguns de seus estados de espírito alegava que estava colhendo ervas ou cogumelos), o lenço amarrado de forma desajeitada em torno do pescoço, desagradavelmente corada e suarenta por ter subido o caminho que circundava a parte posterior do morro, chegava assim que a tarde começava comodamente a fechar-se em si mesma.

"Isso parece uma delícia", dizia. "Lindo e rosado", às vezes acrescentava. O amor pela cor rosa constitui sinal infalível do gosto duvidoso que associamos a certos grupos e indivíduos: as classes trabalhadoras inglesas, grandes restaurantes franceses, desenhadores indianos de cartazes urbanos e Deus, cujo pendor extravagante para essa cor aparece em algumas das instâncias mais cinematográficas de sua criação (crepúsculos, flamingos).

A sra. Willoughby era, aliás, uma antologia ambulante de mau gosto, infratora reiterativa das ordens mais elevadas da arte e do discernimento. Nesse sentido, era útil como parâmetro, legisladora incógnita da humanidade. O amor teórico que tinha por tudo o que era francês só se comparava à incompetência no que respeita a todos os aspectos do idioma e da cultura e se enraizava no desgosto inato pelo que sempre — revelando o apego à Cornualha que tomara emprestado do marido — chamava de "os ingleses". Ao mesmo tempo, ser inglesa era a sua característica principal; ou antes, era anterior e tinha precedência sobre todas as demais características; tratava-se da essência primária da qual emergiam os outros atributos; deitava-a pelos poros, como o alho depois de um *aïoli*. (O gosto de alho, quando é ingerido cru e picado, pode ser sentido na pele até setenta e duas horas após a ingestão. Seguirá receita.) Assim, as elucubrações dela sobre os ingleses — falava de sua mesquinharia e filistinismo, de sua falta de cultura, dos maus políticos, do horror de seus passados malfeitos imperiais, da mediocridade da cozinha, da sujeira das cidades, da ausência de artistas significativos em qualquer dos campos mais importantes deste século; da falta de gosto no vestir, desgosto pelas cores vivas, desprezo automático por tudo o que desconheciam ou não compreendiam, incapacidade de aprender línguas estrangeiras, conservadorismo instintivo, provincianismo e empirismo (parafraseio um pouco) —, suas denúncias, implícitas e explícitas, que expressava em geral nos comentários ocasionais e nos apartes, serviam apenas de veículo ao desapreço que tinha por si própria, intenso e totalmente inconsciente. Aparecia também em seu guarda-roupa, composto de blusões de pescador, alpargatas (usadas para a caminhada de alguns quilômetros sobre os caminhos provençais cheios de pedras) e bonés usados fora de estação, que em conjunto representavam um suicídio da elegância, deixando invariavelmente transparecer sua qualidade intrínseca de inglesa despistada. Houve algo de curiosamente apropriado e "irônico" no modo pelo qual o *juge d'instruction* no inquérito — um homem de rosto pequeno e inteligente, com ar muito cansado, como se tivesse vindo a cavalo de Paris sem ter parado para descansar nas horas da troca das sucessivas montarias — insistiu em referir-se a ela como *la femme anglaise*, identificando-a, para todo o sempre, como aquilo que menos queria ser mas de fato era. Ao descrever os detalhes do tiro de fuzil que acabara com a vida da sra. Willoughby — a bala abriu uma cratera de cerca de oito centímetros de diâmetro na parte posterior do crânio, testemunho irrefutável do bacamarte de Jean-Luc, embora também tivesse levantado dúvidas sobre a eficácia daquela venerável arma na caça a passarinhos ou animais pequenos, pois inevitavelmente os transformaria em uma espécie de patê sangrento, cru e cheio de chumbo —, o silêncio no tribunal foi profundo e histriônico a ponto de, durante as pausas entre as palavras do sábio magistrado, ter-se ouvido o pesado tiquetaque metálico do relógio elétrico. Pierre e Jean-Luc estavam sentados na primeira fila, imaculados e estranhos em seus ternos domingueiros. Pierre, pude ver com o canto dos olhos, segurava um boné de *tweed* que eu lhe havia presenteado três natais mais cedo. Minha própria explicação do terrível mal-entendido que ocorreu (a sra. Willoughby havia evidentemente interpretado mal as instruções precisas que lhe dei no sentido de que não atravessasse a propriedade dos dois irmãos naquele dia particular, pois me haviam avisado antecipadamente que iriam caçar — era como se não tivesse dado atenção ao *pas* numa frase francesa) foi decisiva. Quando passaram o veredicto da morte acidental, Pierre e Jean-Luc se voltaram e apertaram as mãos um do outro, a semelhança de família mais aparente do que nunca na expressão de alívio compartilhado e de triunfo contido e no suspiro pungente que, como me encontrava sentado perto deles, pude sentir. Havia algo de emocionante na dignidade simples com que os dois irmãos celebraram o veredicto que (digamos a verdade) inocentou Jean-Luc, e, com seus ternos formais e expressões graves, mais tarde puderam integrar-se, como se estivessem muito à vontade, no ambiente do restaurante local brindado com duas estrelas do *Michelin*, que alardeia como especialidade *alouettes rôties en croûte de sel, sauce Madère.*

Os princípios gerais da preparação de *apéritifs* estão registrados no livro de David Embury, *A arte de misturar bebidas*, um dos poucos livros que meu irmão levava consigo quando mudava de endereço, já que preferia deixar para trás o grosso de suas posses, como a cobra que se desfaz da pele ou o ladrão que foge, e que também o ouvi qualificar de "espalhafatoso", ou de "o melhor livro jamais escrito". É impossível comprovar a formulação geral do livro de Embury. Diz ele que um *apéritif* ou *cocktail* deve: 1. ser seco e frio, ou pelo menos estimular o apetite, o que não ocorre com as bebidas doces e quentes; 2. sempre manter o bebedor instintivamente conhecedor do número de doses que tomou, para que a embriaguez não o colha de surpresa, como já se viu acontecer no caso de tragos espessos ou engrossados com gemas. Martínis, daiquiris e *whisky sours* são alternativas aceitáveis para os *apéritifs* clássicos franceses; pessoalmente, considero as preparações de Campari e vermute como libações desqualificadas, pelo gosto ruim que lhes é inerente (embora milhares de pessoas discordem); as bebidas com gosto de anis do Mediterrâneo, Pernods e *ouzos* e *arracks* e *punt-e-mes* são uma história diferente. Gim com tônica pode. O *manhattan* é subestimado. O emprego de uísque escocês em lugar do bourbon na mistura de bebidas é proibido. Só se pode usar calvados sob forma de *sidecar*, outro antigo clássico esquecido, embora seja melhor tomá-lo puro, como o fez o operário a meu lado no *zinc* em que me encontrei na manhã de hoje em Lorient, no pequeno *tabac* situado em um bloco de apartamentos e lojas, cujo andar térreo abrigava dois *tabacs*, uma lavanderia, uma farmácia cuja vitrina exibia cartaz listando diversos tipos de cogumelos venenosos e uma sapataria com ar derrotado. As últimas quatro estavam fechadas, o que não surpreendia, uma vez que era um quarto para as sete da manhã (apesar de os franceses começarem a trabalhar mais cedo que os ingleses).

Mais abaixo, a parte habitável ou humana da cidade chegava ao final, demarcada abruptamente, como se fosse a linha de frente numa guerra clássica de trincheiras, no caso talvez a do conflito entre o ser humano e o comércio. A zona industrial da cidade se multiplicava no parque de cem hectares de concreto e metal, cheio de armazéns e barracões; caminhões estavam sendo carregados, estacionamentos começavam a encher, os ônibus regurgitavam passageiros. Do outro lado da rua, encontrava-se a razão de minha presença, a agência de aluguel de automóveis, *ouvert 0715 heures*, onde eu iria trocar meu Renault 5 por um Peugeot 306 mais veloz (o *Guia Mossad de técnicas de vigilância* recomenda a troca diária de veículos de perseguição).

O trabalhador estava vestido com *les bleus du travail*, aqueles macacões pesados, azuis, não exatamente de brim, que fazem as vezes de uniforme informal dos trabalhadores manuais franceses. Um bigode preto pesado parecia puxarlhe para baixo os cantos da boca e as bolsas sob os olhos protestavam contra as forças do capital, da alegria, da vida em si mesma. Usava o cabelo, mais jovem do que o resto (pintado?), penteado para a frente como um romano de filme de Hollywood, sobre o rosto, ainda endurecido na hora matinal. Tomava seu café da manhã, pelo menos em teoria, já que mal se mexia, com o cigarro colocado diante de si, dentro do cinzeiro estampado Pernod, sinal de volição e poder como o eram um *espresso* duplo e um grande *calva*. O coração deu um salto tríplice.

"*Encore une fois*", disse eu, com entonação levemente aristocrática. A *patronne* tirou o filtro da máquina de fazer *espresso*, bateu-o contra o topo da lata de lixo para esvaziar a borra, clicou duas vezes a taramela embaixo do moedor de café e depois colocou novo suprimento de café no filtro com um giro do pulso e as costas largas de uma colher de sobremesa — a primeira vez que fazia uso da mão esquerda — antes de colocar o conjunto dentro do aparelho mestre e apertar o botão que obrigava a água aquecida e pressurizada a forçar a mistura para dentro da xícara que agora, no último segundo, empurrou para cima do metal furado da prateleira com filtro, sob a torneira de metal manchado da máquina, tudo com movimentos abruptos e eficientes e angulares como os de um autômato de relógio. Tive vontade de bater palmas. Em vez disso, para acompanhar o clima reinante, simplesmente me mirei no espelho atrás do balcão para ajustar o ângulo do meu lenço de bolso. Ainda me restava meio *croissant*.

Do outro lado da rua, a assistente da agência de aluguel de automóveis, instável sobre os saltos altos típicos de um gênero especial de funcionária francesa de escritório, exageradamente cuidada e arrumada, abriu o escritório e acendeu as luzes. A iluminação interna deu ao escritório — um balcão alto, o terminal de computador sobre a escrivaninha — súbita visibilidade. Paguei (aceno de cabeça de *Mme la patronne*) e atravessei a rua. Cem passos adiante, uma máquina rotativa de limpeza de rua gemia e se esforçava como se estivesse preparando a decolagem. Voltaria ao hotel, antes que o casal em lua-de-mel tivesse acordado.

VERDURAS E SALADAS

Em polonês, idioma que se fala na Polônia, todos os vegetais verdes são conhecidos como *wloszczyzna,* que quer dizer "coisas italianas". A designação homenageia a rainha Bona Sforza, que teve a sorte de se casar com Sigismundo no século XVI e que, como resultado, mereceu o crédito de ter apresentado o produto do jardim meridional ao povo amante de liberdade de seu país de adoção. De modo mais geral, as palavras *wloszczyzna* podem figurar como tributo à discrepância entre atitudes do Norte e do Sul quanto aos produtos da horta, já que o nortista arquetípico alimenta uma pálida paixão por manteiga, cerveja, batatas e carne, enquanto sua antítese se entusiasma por frutas e vegetais, azeite e peixe (talvez fosse esta a ocasião de lembrar que, para os romanos, o bárbaro era alguém que usava calças, tinha barba e comia manteiga). Os estereótipos têm, no entanto, alguma base no fato de que, durante grande parte do ano, o produto da horta dos países do Norte é exíguo e pouco variado e nada adaptado à gama de pratos do Mediterrâneo que entraram na moda recentemente (quero de novo sublinhar que comprei minha casa provençal muito antes de esse tipo de coisa se tornar popular). Tome, por exemplo, o tomate, uma fruta cujas origens exóticas e cuja natureza, contidas no próprio nome, derivado da palavra náuatle *tomatl,* encontram-se também, sem nenhuma relação, comovedoramente presentes na classificação latina, *Lycopersicon esculentum*, "pêssego comestível do lobo". Sua cor e vividez não terão lembrado, aos que o ingeriam, aqueles corações que viam rotineiramente ser arrancados nos sacrifícios humanos cotidianos? E em defesa desses espectadores não pode ser dito que eles, pelo menos, presenciaram pessoalmente os atos de crueldade sobre os quais sua civilização repousava? Sem a mediação dos meios de comunicação?

O tomate pode ser encontrado em todos os mercados e supermercados do Reino Unido durante os doze meses do ano. Na maior parte desse período, não tem sabor — não tem sabor algum. Até os tomates estrangeiros postos à venda são quase absolutamente insípidos, porque colhidos ainda verdes e "amadurecidos" em trânsito; nunca me esquecerei da cara que Mitthaug fez quando (durante um piquenique comum, à beira da estrada, numa expedição familiar a Agen num mês de agosto) comeu, pela primeira vez, um tomate plenamente maduro. A expressão de surpresa e de choque quase sensual foi, até para meus olhos infantis, claramente sexual. Etienne, o estudante que passou conosco uma série de agostos (para que eu conservasse meu francês depois do regresso a Blighty), tinha instruções rígidas de trazer o máximo possível de tomates maduros; como resultado, descia do trem na estação de Victoria carregado com o que parecia ser o conteúdo de todo um mercado dentro de sacos de papel. A planta em si mesma é tóxica, embora não o suficiente para ser de utilidade para o envenenador mais que amador.

Outras verduras são, do mesmo modo, sem graça fora da estação. Por exemplo, o pimentão-doce, cuja prima mais potente (e, para este cozinheiro e comilão, mais estimulante e culinariamente interessante), a malagueta, já foi discutida. O pimentão-doce que se encontra nas vendas britânicas, o ano inteiro, tem o gosto de uma espécie de plástico engenhoso produzido por novas tecnologias de ponta. Só é ultrapassado em insipidez pela sinistra e branda alface *iceberg*, que ganha qualquer competição em matéria de não ter gosto de nada — literalmente nada. Alimento perverso esse. Criado em laboratório, constituiria um produto de que qualquer cientista louco poderia se orgulhar. Em sentido contrário, existem algumas verduras que sabem melhor no inverno, como o aipo, que alcança o auge de sua glória nas profundezas do inverno ("*morte saison, quand les loups se vivent de vent*", de acordo com Villon), ou seu primo, o *céleriac* tragicamente subestimado, ou o alho-poró, plantado desde o Egito até o Norte da Escócia, amigo do homem no inverno mais duro e conhecido na Inglaterra desde a época romana, celebrado em toponímicos como Loghrigg (*loukr*, alho-poró em norueguês — platibanda de alho-poró) e Leighton Buzzard. Em *Acetaria*, livro interessante mas quase ilegível sobre saladas, o escritor de diários, antiquário e fofoqueiro-mor John Evelyn descreveu o alho-poró como sendo de virtude prolífica e favorecido por Latona, mãe de Apolo: "Os galeses, que o comem muito, são bastante prolixos". (Perdoarei muitas coisas a Latona, mas é difícil agüentar a mania de Evelyn pelo País de Gales.) As excelentes propriedades do alho-poró, no entanto, não são disponíveis o ano inteiro e se limitam a certas seções do calendário. Uma das poucas coisas que não ficam assim confinadas, imagino, é o café da manhã de frituras que meu irmão amava tanto.

No entanto, apesar dos exemplos contrários poderosos do alho-poró e do aipo, é sem dúvida verdade que o verdadeiro auge da qualidade dos vegetais ocorre no verão, momento propiciador da melhor oportunidade de o cozinheiro apresentar o produto da horta, em sua forma mais simples e (muitas vezes) mais gostosa. O cozinheiro tem a missão de trazer a horta para a mesa. Na prática, esse preceito envolve a confecção de algum tipo de salada. Para muitas pessoas criadas no Reino Unido, poucas palavras existem que possam gerar rejeição mais primitiva e automática. "A salada é a glória de todo jantar francês e a desgraça dos da Inglaterra", comentário tão verdadeiro hoje como na época em que o fez um viajante inglês, o capitão Ford, em 1846; e como se podia verificar nas misturas elaboradas no colégio já mencionado de meu irmão, em St. Botolph, por exemplo — melancólicas fatias de pepino, um pé de alface mal lavada (*iceberg*, naturalmente) que parecia ter sido rasgada por cães selvagens, dois rabanetes inteiros (servidos assim, presumivelmente, para evitar que se revelassem comestíveis quando fatiados), a quarta parte de um tomate pálido e aguado, o conjunto acompanhado pelo creme de salada que tinha, pelo menos, a virtude de "saber a si mesmo" —, ou seja, ao subproduto de um acidente industrial. Variações dessa salada são servidas diariamente ao longo das Ilhas Britânicas; uma delas está sendo comida enquanto escrevo e outra enquanto você lê. Os antigos talvez tivessem razão quando consideravam a alface um soporífero e poderiam ter ido além, vendo-a como uma droga que induz à indiferença quanto à maneira de ser consumida.

Essa foi uma das áreas em que Mitthaug teve de ser profundamente treinado e reeducado e desprogramado. A experiência de saladas com que chegou a nós, o rosto animado com o que retrospectivamente reconheço haver sido um composto de expectativa e nervosismo e ansiedade simulada, mas que, na época, era meramente bom gênio natural, era nula. As primeiras misturas que construiu situavam-se firmemente na zona de pesadelos finais do espectro de verduras frias, na qual desempenhavam papel particularmente desagradável grossos cubos de beterraba, um legume para o qual, como dizia meu pai, "não há desculpa". Minha mãe, paladar exigente que preferia evitar compromissos diretos com a cozinha, teve de ser arregimentada para ensinar-lhe os princípios da salada composta, a começar pelos molhos. Mitthaug adquiriu tais técnicas de modo fiel, mas percebíamos que se tratava de uma série de conhecimentos adquiridos por dever de ofício, e não de um programa completamente introjetado; não se podia confiar na ausência de alface picadinha e de cenouras em cubinhos. "Como é que uma pessoa tão boa pode criar uma coisa tão má?", perguntava minha mãe, erguendo com seus dedos delicados uma folha murcha.

Almocei naquele dia no Relais de Pantagruel, um restaurante pretensioso na região do Loire, a poucas horas de distância de Lorient no meu novo Peugeot 306. A salada que serviram no almoço teria espantado minha mãe, tanto como as criações dela alarmavam Mitthaug. Pedi o *menu du jour* porque estava interessadíssimo em comer o prato principal, lúcio em *beurre blanc*, essa especialidade do Loire, realmente a coisa mais próxima de um grande clássico da região, estranhamente (dado o seu caráter central em termos culturais, históricos e geográficos) vasqueira em contribuições ao cânone principal da cozinha francesa; o tubarão dos rios é um peixe bom de comer, que os pescadores de anzol ingleses tendem a desprezar por conta das espinhas (espinhas pequenas, agressivas, afiladas, pontudas, como palitos ferozes, sendo o trabalho de separá-las da carne uma das razões da invenção e do sucesso das *quenelles de brochet*), e ademais *beurre blanc*, célebre pela sua afinidade particular com aquele feroz caçador das profundezas lacustres. Isso seria seguido por uma *tarte à la crème*, creme de maisena em massa de torta, ou uma *crème brûlée*, na qual a cobertura caramelizada é substituída por uma base amanteigada de massa de torta. O primeiro prato era um singelo *pâté de campagne* que levava porco e ameixas, e deveria haver um *intermezzo* (terminologia deles), a *salade du chef*, silencioso pandemônio visual de flores e folhas, nastúrcios amarelos e cor de laranja, pétalas de rosa brancas e vermelhas e cor-de-rosa, brotos roxos de algo, calêndulas e lírios a competir na intensidade da cor amarela, *lollo rosso*, chicória vermelha e o verde-escuro e confidente de uma alface dura, para fornecer notas de tenor e de baixo. Pratos pretos, infelizmente. O uso de flores na cozinha sempre conteve elementos de decadência, desde a receita de Apicius de miolos com pétalas de rosa no primeiro século a.C. e as saladas de flores e ervas da cozinha dos barões ingleses até a receita futurística de Marinetti de *rose diaboliche*, empanadas e fritas. Marinetti recomendava o pitéu para as noivas jovens.

Meu *menu du jour* era a única concessão que o Relais de Pantagruel fazia no sentido de apresentar pratos que alguém quisesse realmente comer, como uma espécie de folga na complexidade vertiginosa das composições do *chef*. Recordo ter visto um prato de coelho estofado com língua de vitela, em molho de camarões, chocolate e tangerinas, que se chamava *lapin à la mode de Sylvie*, naturalmente em homenagem à filha do *chef*. O Relais tinha o ar de desafio derrotado que emana dos restaurantes combativos, um clima de otimismo a coexistir com a confiança declinante e as palavras amáveis do freguês (em resposta à desesperada pergunta "Estava tudo bem?", nunca mais penosas do que quando são sinceras) enquanto os recibos na caixa registradora e a linha de pó na soleira falam outras. Todos os negócios pequenos malsucedidos têm algo em comum. O ar de tristeza, de oportunidade perdida e de engenhosidade abortada — "A lacuna no mercado virou um abismo", dizia meu pai a respeito de um amigo que sabia algo, mas não o suficiente, sobre livros raros — é comum a todos os pequenos negócios falhados, quer se trate desse restaurante (onde a comida não era de forma alguma assim tão má, com as *rillettes* agradavelmente gordurosas e as ameixas convincentemente gordas mas encolhidas, como escrotos; a salada fresca, arlequinesca na tonalidade mas não no sabor, evitando o erro de ser mais "interessante" do que convinha; o peixe seco, cheio de espinhas, complementado pelo *beurre blanc* correto, perfumado a chalotas; a *tarte à la crème* leve quanto à massa mas potentemente calorífica por sua cobertura amarelo-narciso) ou da lavanderia a seco na High Street de Wooton em Norfolk, de campainha excessivamente alta, velhinha imóvel e adolescente mastigando chicles atrás do balcão de fórmica, as roupas penduradas em envoltórios de plástico vagamente sugestivos dos sacos de cadáveres da guerra do Vietnã. Meu irmão montou certa vez ateliê em cima do consultório de um veterinário em Lambeth, que tinha a merecida reputação de matar seus pacientes — "o amigo do taxidermista", era como o chamava Bartholomew —, e a tipologia genérica do fracasso também ali se fazia presente, na forma de um miasma psíquico comum aos locais, empreendimentos e pessoas em baixa, assim como na manifestação física de um cheiro violento de formol.

A propósito, o restaurante produzia um *cocktail* próprio, mistura rústica de Sancerre tinto e de licor de amora. Tomei em seguida uma garrafa pequena de *rosé* da casa, aceitável, um Pinot Noir com um quê, bem-vindo, de corpo, e um golpe de sabor a morango.

A sala de jantar, em contraste disparatado com a geografia local e com o exterior mundano de gesso, mimetizava o que o decorador provavelmente achava tratar-se do tema do pavilhão de caça — lambris de carvalho e uma lareira ameaçadoramente grande, do tipo em que se assavam *marshmallows* e se torturavam menininhos nos bons maus tempos da escola pública inglesa; acima, exibia-se um feroz lúcio empalhado, do tamanho de um hipoglosso, uma cabeça de alce e — toque anglófilo — uma raposa empalhada, com aquele ar inteligente que costumam ter. O arsenal de armas bem montadas constituía estoque capaz de agüentar um sítio prolongado no caso, digamos, de nova invasão extra-*communautaire* da França pelos ingleses; o retrato de época de homens vestidos de capa e chapéu, parados complacentemente diante de pequena pilha de javalis mortos; o quadro execravelmente pintado de um homem de chapéu de cortiça atirando num tigre a curta distância, inverossímil, enquanto três carregadores nativos fugiam chorando, trajes ao vento; sem falar da cabeça barbada e dos ombros formidáveis de — o que era pouco sentimental até para os padrões franceses — um bisonte europeu. As mesas de jantar eram, para usar uma palavra que tem sido excessivamente — e mal — empregada, volumosas. Os guardanapos vinham tão engomados que parecia que se partiriam em pedacinhos se os golpeássemos de leve no ângulo certo, com instrumento habilmente adequado. Os chifres de um veado defunto erguiam-se sobre o carrinho de queijos.

O *chef* emergiu da cozinha enquanto eu desfrutava da segunda xícara de café, cortesia da casa; negro como o diabo, quente como o inferno, doce como o pecado, este último graças aos jatos bem dosados de adoçante artificial, cuja qualidade vem melhorando tanto nos últimos anos — antes tinha gosto fino, químico, fácil de reconciliar com as palavras que constam, brutais, das etiquetas de produtos alimentícios nos Estados Unidos, "este produto provoca câncer em animais de laboratório". Temos que cuidar mais da forma física com o passar dos anos. Não que meu irmão se preocupasse com isso, tendo adquirido, nos últimos anos de vida e não obstante os esforços que o labor de escultor impunha aos seus membros superiores, o que minha companheira chamou de "uma barriga". Quando *m. le chef* se aproximou, pus na boca a torta de limão mínima, do tamanho de um florim, que fazia parte dos *petit fours* que acompanhavam o café, como se para me recompensar de ter comido todo o resto (embora numa crítica de alto nível se notasse que a combinação de massa e creme imitava demais, ou citava muito de perto, ou criava assonância infeliz com a igual combinação da *tarte à la crème*).

O uniforme branco do *chef* era imaculado, suas maneiras formais.

"Estava tudo ao gosto de monsieur?"

Como já indiquei, não é grande o repertório de respostas adequadas a essa pergunta. Dei uma delas. Sou, e sempre fui, muito bom para esse tipo de coisa. Minha força natural de personalidade vence a timidez e desconfiança do artista e estudioso que sou e causa o que penso não estar exagerando ao considerar um impacto profundo nas pessoas comuns que tenho a sina de encontrar — policiais a quem se pergunta o caminho, trabalhadores a quem se cumprimenta quando se passa por eles nas ruas da capital, ocupados em reabrir, sempre, o mesmo trecho de rua que estavam escavando havia apenas algumas semanas. Se estivesse vivo, Dante incorporaria essa faceta regular da vida urbana contemporânea em seu Inferno revisto, pondo tanto os habitantes da rua como os trabalhadores encarcerados num ciclo permanente de perfuração, preenchimento e nova perfuração; mas me pergunto: qual seria o crime correspondente das pessoas assim punidas? Certamente as maldades modernas — tristes governos mentirosos, crimes financeiros medíocres e assassinatos horrendamente previsíveis, todos motivados ou pelo amor (ódio, ciúme) ou pelo dinheiro — são menos impressionantes que as que Dante conhecia.

Meu irmão fez uma série de esculturas tiradas de temas de Dante — figuras sugeridas a emergir da pedra como as primeiras formas de vida a surgir do limo primevo, sua luta para tomar forma expressiva do esforço de criação, e obscuramente dolorosas de serem vistas, sem se limitarem a uma alegoria tediosa do trabalho do artista. A escultura de Ugolino, uma pedra enorme que se erguia sobre outra menor, torcida, batida e explodida, alterna entre a reprodução do incidente relevante (um dos relatos literários mais desconcertantes sobre o canibalismo) e a composição abstrata: às vezes se pensa ver um, outras vezes o outro, como nos paradoxos visuais destinados a gerar dúvidas sobre se estamos vendo uma jarra ou dois amantes se beijando, uma borboleta bonita ou um urso polar ferido. Essas esculturas, realizadas em função da encomenda de um armador norueguês que tinha inventado uma espécie de alavanca hidráulica e depois parou com a armação, estavam inacabadas quando meu irmão morreu. O inacabado é sempre, no contexto do artista, comovente. As esculturas — cuja falta de acabamento também as realçava, como se representassem o testemunho final das dificuldades do processo artístico — alcançaram preço muito alto depois da morte de Bartholomew (a típica boa jogada), pois um museu texano as comprou do norueguês, por estar iniciando uma coleção de escultura contemporânea e necessitar de uma grande aquisição para tomar impulso (conforme disse o diretor ao telefone que apresentava desconcertante intervalo de dois segundos, como se estivéssemos falando com a Lua, que, suponho, em certo sentido, era o que se estava fazendo; ele também se referiu a Bartholomew como alguém que tivesse algo de Frink, Moore, Michelangelo).

Para demonstrar conhecimento — processo que lisonjeia ambas as partes, constituindo quase um afago —, perguntei em voz baixa qual seria a identidade exata do queijo que tomei por um Larzac, aposta solta, já que há vários queijos muito semelhantes. Minha suposição estava certa.

"Monsieur está viajando?"

Monsieur indicou que sim. Tive que fingir durante alguns minutos que estava escutando os conselhos do *chef* e suas orientações para então despedir-me dele com manifestações de estima recíproca. E, de fato, eu estava viajando e havia passado a manhã alegremente e livremente ao longo das margens do Loire, com tráfego reduzido e respeitoso (uma vez ultrapassados os arredores de Lorient), as nuvens altas e encarneiradas, o Peugeot muito alerta. O Loire é o rio francês do viajante que leva a sério (e, para os propósitos deste livro, por que não abandonamos provisoriamente a ficção cansativa de que, quando empregamos o masculino, estamos sendo neutros? Qualquer frase que contenha as palavras: um piloto, se ele..., ou, um grande filósofo, se ele.... exclui explicitamente todos os membros do sexo feminino a não ser quando se assinale o contrário. Muito obrigado) os rios franceses. É o rio que possui o mais alto grau de essencialidade, qualidade que compartilha com aquele rio monotonamente largo, pomposo e lento, o Reno, o qual dá a impressão de marchar no ritmo de sua própria história, bem como com o Danúbio, artificialmente sublime, que tem o ar de um bom conversador que ouviu, uma vez além do necessário, elogios à sua eloqüência e então nunca mais parou de ser propositadamente, afetadamente encantador. Na França, o Sena tem todas as vantagens de ser um rio do Norte (qualidade que nosso amigo/inimigo gaulês não valoriza), mas tem um interesse excessivo e fatal por Paris — tem a atitude do parisiense de se atribuir, sem exame e de forma não completamente defensável, uma completa centralidade; o Gironde, magnífico riozinho à sua maneira, tem papel demasiado significativo como *aelixir vitae* dos vinhedos de Bordeaux, de modo que ser-lhe grato seria tão ingênuo e tão pagão como sentir gratidão para com o sol. Não, é o Ródano o único outro competidor sério em matéria de supremacia fluvial, magnificamente extenso, respeitável na magnificência diversificada de suas paisagens e fluindo em direção à bela paisagem cheia de vinhas, de ervas, de sol, de nossos sonhos setentrionais, o Sul. E é essa, é claro, a questão. O problema desse rio é que é, finalmente, demasiado óbvio — é o tipo de rio que poderia ter sido projetado por uma comissão inteligente de turistas. Não, é o Loire: o rio que atravessa o país lateralmente, desafiando audaciosamente a cartografia psíquica que determina que tudo, na França, se alinha de norte a sul, numa progressão gradual em direção aos graus menores de latitude e maiores na escala centígrada; o rio que é central na história da França, desde a época da *Gallia comata*, de cabelos compridos, conquistada pelos romanos, passando pelos Plantagenetas, pelos longos séculos heróicos de construção de castelos; o conjunto a ganhar densidade histórica e qualidade de habitabilidade insuperada no país, a rivalizar, mesmo, com o palimpsesto esticado da paisagem inglesa; sem esquecer o céu alto e os horizontes abertos da planície central onde, de 1516 a 1519, Leonardo da Vinci viveu os três últimos anos de sua existência, aquele dos projetos e invenções irrealizáveis e das grandes pinturas realizadas sobre superfícies não preparadas que, em seguida, se deterioraram rapidamente, herói encarnado do princípio do inacabado, do fracasso por causa do excesso de talento e gênio, que é tão excelente em tantos ramos que não deixa impressão duradoura em nenhum deles (a omissão daquela camareira afetada, maliciosa e enfeitada demais é inteiramente proposital); o fato bruto é que o Loire é, com mais de mil quilômetros, o rio mais comprido da França; é o rio menos óbvio, e portanto mais atraente, de vinhedos; a circunstância de não ser navegável — raso demais e muito traiçoeiro para constituir uma via de transporte — deixa-o maravilhosamente intocado pela presença humana (que fica limitada à algazarra comercial de um canal paralelo, entre Roanne e Briare, o qual termina na piada visual engraçada de Alexandre Gustave Eiffel, um aqueduto bonito que transporta o canal por cima do rio); e assim o Loire é o espelho ou a metáfora do psiquismo humano — traiçoeiro, não navegável, resistente à idéia banal de uso, a calma superficial a mascarar profundidades não mensuradas, velocidades ocultas. Estava antecipando com prazer o passeio vespertino. Como havia solicitado por telefone, o Peugeot vinha com teto solar.

O leitor atento poderá ter percebido, no que precede, certa nota de relaxamento — o passeio descansado planejado serenamente, na calma expectativa de uma agenda ininterrupta; a gazeta e o guia consultados com confiança de burguês; a ausência de outras pessoas, em especial, o casal em lua-de-mel, no restaurante onde almocei; o *apéritif* sugestivo, a garrafa de Chinon denunciadora, o *marc de bourgeuil* revelador (embora, agora que revejo, não exatamente revelado — como sou sagaz!), um tanto sem corpo e com gosto de alumínio nas notas mais altas, também, a encaminhar as duas xícaras de *espresso*, a prática de tomar brandy e café ao mesmo tempo constituindo um dos exemplos dos casos em que os seres humanos consomem ao mesmo tempo o veneno e o antídoto. Posso dizer que, na ausência de fantasia, o ar fresco circulava minha cabeça de forma nitidamente refrescante.

Nada de muito importante pode ser realizado sem planejamento. Não existe a surpresa agradável. Naquela manhã, depois de conferir o paradeiro do casal em lua-de-mel por meio de bem avisada espionagem eletrônica, acordei numa hora em que meus únicos companheiros conscientes seriam monges que se tivessem despertado para as orações de antes do amanhecer, a esticar os membros enquanto se dirigiam, estalando, para a capela gelada, com a respiração pairando no ar como o pneuma ou o espírito tornado visível por que cantavam, um esforço capturado no bronze muitas vezes reproduzido, de autoria de meu irmão, *O missal*, que mostra uma figura curvada mas de alguma forma vitoriosa, um trabalho tão enjoativamente familiar demais como o trabalho de Rodin a que meu irmão costumava se referir como *O encalhe* — e, de fato, referia-se a essa sua própria peça, célebre pela atmosfera de religiosidade secular e de respeito à idéia do culto (um dos críticos disse que era uma das homenagens mais fortes e magoadas que o agnosticismo moderno fez à fé) como *Ovos com batatas fritas*. Naquela hora, no pequeno hotel de Lorient, nada se mexia. De suéter pólo e sapatos leves de lona e borracha, desci como um ladrão silencioso o corredor e as escadas, atravessando o hall de recepção até uma porta lateral, que se abria por dentro e cujo alarme estava desligado. Monsieur confiara ao recepcionista suíço, um diplomado de escola de hotelaria que claramente almejava coisas melhores, ser sujeito a insônias e adepto de passeios calmantes na madrugada. Asseguraram-lhe que não haveria problema. E assim monsieur dirigiu-se ao pátio, onde uma única lâmpada nua brilhava, no frescor noturno, pendurada da parede de tijolos coberta de trepadeiras que encimava as portas de madeira pintadas de verde, as quais constituíam o limite exterior com a rue Thiers.

De acordo com a lei do inconveniente maior, o carro deles estava estacionado no meio da praça. Dirigi-me a ele, meu corpo de lado para evitar o BMW cujo alarme piscava, rubro, sob o painel de direção, bem como um sólido Volvo velhinho de assentos encapados com tecido xadrez. Lancei um olhar para cima, para confirmar que todas as janelas que davam para o pátio estavam fechadas ou de cortinas cerradas (bendita lâmpada nua). Súbito, tornei-me consciente de uma presença animada. Congelei momentaneamente, antes que os dados sensíveis registrados logo abaixo do limiar de percepção consciente se aglutinassem na forma de um cachorro grande e peludo, deitado na poça de luz amarela sob a fonte triplamente maldita de luz, os olhos a me examinarem com desconfiada atenção canina. Obviamente, era um cachorro que no passado havia tratado de forma grosseira hóspedes do hotel e que aprendera, à força, a importância de se comportar bem. Cada uma de suas imensas narinas emitia uma pequena parcela de vapor, em compasso com a respiração ofegante. Claramente, a situação podia tomar qualquer rumo. O cachorro era um *briard* ou *berger de Brie*, conforme vi, um cachorro cabeludo, amável, leal, utilizado originalmente para pastoreio ou para proteção contra lobos; quase do tamanho de um pônei pequeno. A única debilidade do *briard* como animal de estimação é a sua tendência ao oposto da longevidade. (A família de Etienne tinha uma *briard* chamada Lucille, cujo retrato ele carregava na carteira junto com o antídoto contra abelhas.) Senti-me encorajado pelo fato de que, em minha confrontação com o cachorro, havia, graças à informação plantada quanto à minha suposta insônia, adquirido a vantagem de um álibi impecável, equivalente ao de um criminoso que pudesse mostrar que estava no palco, diante de mil e trezentos espectadores, na hora em que o crime foi comprovadamente cometido (veneno de ação lenta, patologista preguiçoso, relógio manipulado). Ainda assim, o pátio estava cercado por janelas e se mostraria excelente anfiteatro para o fiasco potencial e embaraçoso que poderia destruir meus planos. Emprestei, assim, o máximo de confiança e calidez ao sussurro forte e teatral que dirigi ao cachorro, inclinando-me em sua direção e lhe estendendo a palma da mão: "Aqui, cachorrinho, aqui".

Foi a sorte. O animal se ergueu, na totalidade de sua altura de cão dos Baskerville, e veio na minha direção, o rabo peludo a varrer o ar enquanto pisava os seixos, amarrado por uma corda a um poste de ferro bem montado. Meu companheiro canino me cheirou e me lambeu a mão esquerda, enquanto segurei meus bens, um pacote do tamanho de uma caixa de sapatos, com a mão direita. Tendo em vista o cachorro, a insônia e o equipamento eletrônico, foi um aperto estar ali entre os carros estrangeiros. Depois de quinze segundos de confraternização entre as espécies, murmurei um "Quieto" lisonjeador para o novo amigo, que se virou e me seguiu num misto estranhamente humano de curiosidade e devoção abjeta. Deitei-me de costas, paralelamente ao Fiat alugado, cuja direção ficava à esquerda e que tinha jeito de brinquedo, mas que era veloz. No tato, sem precisar da lapiseira/lanterna, localizei o ponto indicado nas instruções memorizadas, tirei a cobertura de plástico que protegia o poderoso ímã eletrônico, ativado automaticamente, afixado na base do objeto, e prendi o aparelho surpreendentemente diminuto — do tamanho de duas caixas de fósforos pequenas pegadas uma à outra, diríamos — embaixo da cavidade da roda, de onde seria difícil que uma improvável inspeção (à procura de quê? de bombas?) o pescasse e onde as mãos desajeitadas de um mecânico não tinham razão de mexer.

De volta ao quarto — a despedida ruidosa e chorosa de Régine, como pude ver que se chamava ao olhar de relance o colar prateado de identificação, foi responsável por um *mauvais quart de minute* no final de minha expedição —, realizei uma ação que, agora, ao lado do Peugeot no estacionamento do Relais de Pantagruel, vi que estava repetindo. De minha mala, caprichosamente depositada na bagageira do veículo, retirei uma pequena caixa de metal, estranhamente pesada, como se a parte interna fosse feita de chumbo ou ouro, do tamanho de uma edição da Pléiade de *À la recherche du temps perdu* em sua caixa (a edição de 1954, com o prefácio tolo de André Maurois, em vez da edição volumosa de 1987, excessivamente carregada de notas e ilogicamente dividida em quatro volumes). Do alto dessa caixa, surgia uma antena aérea, que se puxava por meio de uma espécie de bola simpática de borracha que encimava o fio de metal segmentado desdobrável, cuja altura total chegava a cerca de vinte centímetros ("Qual a diferença entre quinze e vinte e três centímetros?" Ouvi Bartholomew deixar seus colegas de quarto perplexos uma vez, quando lhes fez essa pergunta. "*Muito barulho por nada*" e "*Sonho de uma noite de verão*".) Na beirada exterior da caixa, perto da antena, havia uma alavanca embutida em um espaço cavado, com a finalidade de evitar que fosse manipulada acidentalmente — dessas alavancas enigmáticas em que se encontram gravados, de um lado, uma linha e, de outro, um círculo, par de hieroglifos inteiramente arbitrários que nunca deixa de nos deixar sem saber se o objeto em questão está ou não ligado. O alto da caixa era oval, de plástico laminado verde-escuro, com um sistema de linhas quadriculadas brancas pintado por cima. Pequenos arranhões e imperfeições começavam a estragar a superfície. Quando liguei o eixo oscilante, a máquina fez diversos ruídos contentes ("autoteste", havia explicado o vendedor solícito ante minha pergunta silenciosa) antes de projetar um ponto único de luz verde mais ou menos exatamente no centro do quadriculado.

"Isso evidentemente não explica tudo o que você precisa saber", disse o vendedor, um homem baixo cujo cuidado e capricho no vestir contrastavam estranhamente com a multiplicidade caótica de ferragens e utensílios em sua loja — parafusos, catracas, chaves de parafuso de todos os tamanhos, capazes de ajustar tudo, desde os relógios de uma casa de boneca até um elefante mecânico de tamanho natural, canivetes suíços, patos infláveis, punhais, *nunchatkas*, alvos de flechas, balestras. Os únicos aspectos que refletiam o acúmulo de coisas da loja eram a maneira rápida de falar e os dois tufos de cabelo que lhe surgiam das orelhas como capim de uma escarpa. Localizei a loja na seção de anúncios classificados de uma revista especializada em armas, com interessante atenção paralela às parafernálias de vigilância e de espionagem industrial.

Não que a caixinha cinzenta em si mesma fosse um anteparo tecnológico adequado. O homenzinho da loja (de utilidade exemplar, no sentido em que o são, sempre, os "homenzinhos", invariavelmente trabalhadores manuais com cara de quem sabe satisfatoriamente qual é o seu lugar, termo que representa, para mim, instância típica do vocabulário paternalista da classe média inglesa) foi firme quanto a esse ponto, e passamos cerca de vinte importantes minutos discutindo os princípios e a prática da utilização de um compasso, bem como da realização de quadriculados e de cálculos que tinham por referência um edifício incrivelmente fálico que se via rio abaixo.

"O RDF em si mesmo não vai servir de muita coisa", explicou o lojista. "Precisará do compasso para saber em que direção o sujeito está indo e do mapa para entender o que isso significa. E também o quadriculado não revelará exatamente onde ele se encontra, uma vez esteja nas imediações. Mais ou menos cem metros. Mas isso nem sempre será um problema. Como regra geral, com mapa, compasso e RDF, você pega o cara."

Providenciei naquela mesma tarde um estoque de mapas, num especialista em Covent Garden. O ajudante prestativo, que tinha a pele lisa, de tonalidade *café au lait*, e sobrancelhas permanentemente erguidas em sinal de surpresa, mostrou-me a parte da loja dedicada à França, coleção mais numerosa do que parecera à primeira vista, uma vez que a pilha, que chegava à altura da cintura, escondia, por baixo, várias outras gavetas, que se podia abrir para exame, como as prateleiras de museus de ciência do século XIX. Existe grande quantidade de prateleiras desse tipo no Museu Pitt-Rivers, no qual meu irmão passava as duas horas por dia em que o estabelecimento ficava aberto ao público, para pesquisar um desenho de coluna totêmica, encomenda do duque de Rothborough, o qual acabara de descobrir que, graças às atividades de seu bisavô imensamente mais aventureiro, era, tecnicamente, chefe tribal de um grupo indígena Huron (o qual, por acaso, não fabricava totens) do Sudeste do Canadá. Ou pelo menos seria, se epidemias de resfriados e de varíola não tivessem acabado com todos os índios (a história nos dá toda a razão de supor que essas enfermidades tenham sido transmitidas aos Huron pelo mesmo antepassado). O totem designa o animal tutelar da família, um veado. Ainda se encontra à frente da entrada da casa ancestral dos Rothborough em Lincolnshire, espetáculo bastante peculiar.

A seleção de mapas era tão grande que se situava no limite estreito entre a sedução e o temor. Contemplei, por um instante, a aquisição de um livro, sendo o *Michelin 1:20 000* o mais cotado, antes de me decidir por uma série de mapas adjacentes, da mesma escala, que cobriam o país inteiro; meu raciocínio era o de que, embora os mapas de papel sejam desvantajosos em condições de ventania, já que o menor pé-de-vento transforma o exercício rotineiro de navegação em algo que se assemelha ao conflito de luta e morte entre o caçador submarino e a raia-jamanta, pelo menos escapam da fraqueza crucial de obrigar-nos a virar as páginas a cada instante e de levar-nos a recalibrar, a todo momento, a situação.

Naturalmente, fiz tudo para desenvolver as habilidades necessárias à utilização adequada de meu atraente apetrecho. Após o almoço do Relais de Pantagruel, repeti um comportamento que havia ensaiado "para valer" na casa de Norfolk, numa manhã muito estimulante que passei, a percorrer estradas rurais atrás de meu alvo. Meu objetivo então era o leiteiro Ron com sua camioneta. Fiquei à espera, do outro lado da estrada, escondido atrás da faia que cresce do lado de fora do chalé de férias tantas vezes arrombado dos Wilson, e depois me aproximei, pelo lado cego do veículo lamuriante, e afixei minha maravilha eletrônica na parte inferior do chassi enquanto Ron subia o passeio para substituir uma garrafa de leite cheia por aquela, bem lavada, que eu havia posto ali, como se fosse minha rotina das sextas-feiras. Depois passei, como se nada, pelo funcionário do comitê leiteiro que regressava, vestido em seu jaleco branco — "Bom dia, Ron" — , antes de fechar a porta, contar até cem e correr para o meu Audi aberto. Fiquei a vagar pelo campo, errando e aprendendo com os erros, cada lição associada ao erro que precipitou sua formulação. 1. Sempre confira o mapa; não tente calibrá-lo em caminho: quase entrei numa furgoneta-ambulância que transportava pensionistas perto de Fakenham. 2. É mais importante ter certeza da situação geral do objeto do que de sua exata localização; fiquei empacado atrás de um trator com rodas encrostadas de esterco quando tentava aproximar-me demais de Ron; entrei em pânico e depois o ultrapassei, o que foi muito inconveniente, sobre uma ponte cega e corcunda, alarmando um feliz ciclista cujo rosto pálido demonstrava susto. 3. Tenha certeza de que, uma vez perto do objeto, faz-se necessária extrema precaução: dei a volta ao quarteirão e me vi de cara com Ron, que concluía o giro do loteamento de propriedade comunitária, nos arredores de Fakenham; somente uma grande presença de espírito permitiu que lhe oferecesse desculpa plausível para o segundo encontro aparentemente fortuito daquele dia. "Estou conferindo o jardim", gritei, contando com a probabilidade de que Ron desconheceria o local dos lotes do Conselho e não se preocuparia muito nem com o fato de que eu não estava em trajes de jardinagem nem com o de saber que era possuidor de um jardim privado. Dez minutos mais tarde, quando estacionou diante do Pig and Whistle, famoso por seus pudins de arroz e valioso freguês da cooperativa leiteira local, dirigindo-se para a parte posterior da camioneta para efetuar a entrega em grande escala e a coleta, estacionei o carro em fila dupla, deixei o motor ligado e recuperei meu transmissor, aprendendo, no processo, a lição número 4, ou seja, está mais grudado no lugar do que você imagina e a alavanca liberadora é mais difícil de encontrar, às cegas, utilizando as pontas dos dedos, um gesto curiosamente parecido com o de empurrar os brincos de minha mãe para baixo do colchão de Mary-Theresa. Em Fakenham, houve um péssimo momento de crise real, no qual senti o tempo simultaneamente expandir-se e se contrair enquanto procurava soltar a alavanca. Apenas me afastei e Ron apareceu dos fundos do *pub*, conforme vi pelo espelho retrovisor na hora em que dobrava, acaloradamente, a esquina.

Assim ensaiado, permaneci no estacionamento do restaurante, ao final de uma avenida longa, ladeada por ciprestes, macadamizada para chamar a atenção dos inspetores do *Michelin*, que aparecem de modo tão anônimo como os anjos das lendas. Tirei o mapa e (truque bom) espalhei-o no capô ainda quente do Peugeot, prendendo cada uma de suas pontas no lugar com um bolo de massa adesiva reciclável. Ao fazer o cálculo com a ajuda do compasso, do RDF (calculador de distância, desvendador de direção) e do mapa, de cores mais brilhantes e símbolos menos úteis que os do velho Ordenance Survey de escala 1:10 000 com os quais havia aprendido, obtive resultado que, posso dizê-lo com segurança, sem receio de parecer pretensioso, não me surpreendeu. Perto de Loudun, existe uma pequena floresta que uns amantes da arte bem-intencionados encarregaram meu irmão de transformar em um "parque de esculturas".

UMA SELEÇÃO DE PRATOS FRIOS

O *zakuski* russo, o *zakaski* polonês, o *meze* grego, o *mezeliuri* romeno, o *Abendbrot* alemão, os *hors d'oeuvres* franceses e a clássica mesa fria inglesa alcançam a maioridade quando divorciados de seus contextos culturais originais (os quais, no caso das variantes do Leste europeu, tendem a constituir coadjuvantes para afogar quantidades de álcool capazes de fazer flutuar um navio de guerra) e traduzidos na língua franca da cozinha estival. Não há maneira melhor de experimentar, fisicamente, a longa duração dos dias de verão que a reunião de um *saucisson* aqui, uma salada de tomates ali, uma *raita* de pepinos e uma fatia de *pissaladière*, alguns ovos duros, uma porção de *ratatouille*, algumas azeitonas, anchovas, um ou dois queijos locais, nabos crus e frescos, peixe defumado, ovas defumadas, *prosciutto*, berinjelas marinadas, *hummus*, cogumelos ou alhos-porós *à la grecque*, e patês e terrinas escolhidas após experiências criteriosas com os fornecedores, talvez uma ave assada fria para beliscar, o conjunto acompanhado com boa manteiga e bom pão, lavado com bom vinho local, de preferência despretensioso. A digestão reage ao calor e à indolência do verão com uma duração mais lenta, que rejeita os Anapurnas e K2s e os desafios representados pela alimentação mais pesada do inverno; a gente sente vontade de escolher e de selecionar, de iludir o paladar com uma variedade de quitutes e excelências em vez de enfrentar o apetite de cabeça, como se numa luta de gladiadores entre o *retiarius* e o *myrmillus*, o que faz girar a rede munido do tridente cruel e o *myrmidon* pesadamente armado — tendo sido este o conflito que mais excitou minha imaginação infantil, muito mais do que o encontro tediosamente unilateral entre leões e cristãos (método de execução pública que noto não ser mencionado pelos teóricos penais que discutem os méritos rivais das injeções letais versus o pelotão de fuzilamento versus a cadeira elétrica). Quem resiste à combinação eudemonística de meteorologia e gastronomia representada pelo almoço frio do dia de calor? Quem pode criticar um casal jovem em lua-de-mel que faz seu piquenique simples num parque, caminhando entre os trabalhos da natureza e a obra do homem, de mãos dadas, numa tarde às margens do Loire, apaixonados?

Na época em que o trabalho de meu irmão havia seguido o rumo mais abstrato, celebratório e panteísta, ele embarcou no projeto do parque de esculturas. Lembro-me de tê-lo provocado a respeito da aventura, certo dia, em sua fortaleza na Zona Leste de Londres, em torno dos restos de um prato feito "indiano" que sua então namorada havia apanhado na loja de *curry* à época favorecida por ambos, substituindo, incompreensivelmente, o *dhansak* de cordeiro que eu havia pedido por um *vindaloo* de cordeiro. Conforme observei na ocasião, *vindaloo* e *dhansak* não soam nem um pouco parecido, mesmo quando a pessoa à qual a gente se dirige é excepcionalmente burra.

"Tua vertiginosa decadência social não pode deixar de alarmar teus admiradores", declarei a meu irmão. "Começou como pintor, continuou como escultor e agora se transformou basicamente em uma espécie de jardineiro. E depois, Barry? Varredor de ruas? Limpador de banheiros? Jornalismo?"

"Talvez eu esteja ficando mole", admitiu Bartholomew. "Hoje me interesso mais pela beleza e menos pela força. A força da imaginação. O *tour de force* água, pedra, árvores, sol. Passe o *chutney.*"

"Porco", disse Alice (Alex? Alícia?), que tinha seus bons momentos.

No momento azado, compareci à cerimônia de inauguração do parque, que, como se tratava da França, foi precedida por um almoço *alfresco* numa parte central do bosque. O tempo se manteve "bom" por pouco. Muitos notáveis do mundo da arte, bem como um grupo de dignitários locais, foram festejados pelos patrocinadores do projeto. O *menu* era ponderadamente manso — patê de andorinha, costeletas de carneiro, *bourdaines* (maçãs recheadas com geléia feita de um híbrido local de pêssego e abricó chamado *alberge de Tours*). Compareci em parte para debochar do projeto de Bartholomew e em parte para investigar as delícias da região de Saumur, especialmente a *andouillette*, minhas sobras preferidas, que meu irmão considerava firmemente impalatáveis, porque "fediam". Mas, é claro, o cheiro faz parte da coisa, não tanto o odor literal, mas o sentido fascinante de mácula, a consciência de que se está comendo restos, e, mais do que em qualquer outra instância, a certeza de que se está comendo, pondo dentro do estômago, a carne de um defunto companheiro animal.

Um bávaro rico, vestido de terno cinza-escuro, proferiu um discurso em que se resumiu a jactar-se, em linguagem levemente codificada, de sua própria riqueza, generosidade e presciência como patrono das artes, e a fazer diversas alegações implausíveis acerca da obra de meu irmão. Uma crítica de arte francesa, com (conforme o mais breve dos encontros já o havia revelado) impressionante halitose, levantou-se e falou bobagens sobre as "oscilações" de Bartholomew entre *sprezzatura* e *terribilità*. O prefeito de Chinon, que parecia meio despreparado para a ocasião, lançou apelo pela reeleição. Quando se iniciou a visita ao parque, os notáveis puderam se dispersar à vontade.

Alguns, tendo almoçado sabiamente mas bem demais, aproveitaram a oportunidade para descansar em recantos pacatos. E, é claro, houve certo escândalo sobre *le parc qui n'existe pas*, nas palavras de um dos diários, já que o projeto de meu irmão pretendia integrar pequenos trabalhos de pedra à paisagem natural da floresta, de forma que não tivessem impacto como "obras de arte" conscientes — uma pedra aqui, uma pilha de pedras ali, um banco ou uma mesa de piquenique em outro lugar. Já foi dito que tem um efeito japonês. Ironicamente, dada a convicção anteriormente expressa muitas vezes por Bartholomew de que "menos é menos" (Bartholomew quase nunca expressava pensamentos ou opiniões acerca das grandes questões estéticas, o que provavelmente foi uma boa coisa, já que, quando o fazia, era sempre num espírito parecido àquele que Flaubert descreve quando a conversa enveredava para temas literários: sentia-se como um ex-prisioneiro que tivesse que ouvir falar da reforma penitenciária. Bartholomew se tornava comparavelmente rude, irritadamente concreto, condescendentemente bem-informado e completamente por dentro do assunto, de uma forma que poderia gerar intensa mágoa. A maior parte das coisas que as pessoas dizem sobre arte são "ovos" (*bollocks*), disse uma vez, depois de um programa de televisão sobre sua obra. Eu, como não possuía televisão, havia visto o documentário na presença do focalizado, em seu ateliê de Leytonstone, a zona deselegante chiquíssima onde trabalhava e onde, em conseqüência, ou por ato tão marginal como o de assinar um quadro, passou a morar. "Há apenas três perguntas a formular quando se trata de arte: Quem sou? Quem é você? Que merda está acontecendo?").

Naquele dia, não visitaria o parque. Planejava não fazer nada, além de vagabundear. O itinerário da tarde consistiria em uma visita, havia muito esperada, a Seuilly, onde existe um castelo pomposo, uma rua de vivendas trogloditas encantadoras e, poucas milhas adiante, o lugar de nascimento de François Rabelais, um dos maiores comilões da literatura. (Minha colaboradora, a quem pressionei para que definisse ou distinguisse entre modernismo e pós-modernismo — já que havia utilizado o conceito na tentativa de explicar, em termos rasos, mas bem-intencionados, o tipo de trabalho que *não* era o de meu irmão —, disse: "O modernismo é tudo aquilo com o que você empulha os outros, retirando. O pós-modernismo é tudo aquilo com o que você empulha, pondo".) Tinha esperança de que houvesse tempo para dar um pulo à abadia de Fontevraud. Era preferida pelos Plantagenetas, que construíram um aglomerado considerável de prédios (cinco ao todo) ainda existentes em nossos dias. Foi o último lugar de descanso de Henrique II, de sua mulher Eleonora e de seu filho espadachim Ricardo *Coeur de Lion*. Fontevraud também guarda o coração do rei João, aquele ser ordinário a quem devemos a existência da Magna Carta, e do bonzinho Henrique III, seu inverossímil filho. Saber que alguém teve o corpo enterrado num lugar e o coração noutro sempre me traz à mente não a idéia nobre de um merecido descanso das agruras do trabalho, mas a imagem de uma repulsiva estripação *post-mortem*. (Em que, por exemplo, carregaram o coração? Quem o cortou fora?) Os Plantagenetas são, para mim, a melhor das dinastias inglesas, menos parva do que aqueles tristes guerreiros anglo-saxões que a antecederam, menos fratricida do que as famílias de York e Lancaster, menos inconfiável e megalomaníaca do que os Tudors imperdoavelmente galeses, menos tola do que os Stuarts e menos alemã do que todos os subseqüentes, sem excetuar, enfaticamente, os da casa de Saxe-Coburgo-Gotha. Eleonora deve ter sido dura de roer, raptada três vezes antes de se casar por admiradores apaixonados, o primeiro dos quais era (a) irmão de seu futuro marido e (b) doze anos mais moço do que ela; passou a segunda parte de sua vida incitando os filhos, João Lackland e Ricardo *Coeur de Lion*, contra o pai. Imagino-a parecida com minha mãe, só que com um QI mais alto e maior capacidade de concentração. Eleonora divorciou-se — era a mulher divorciada do rei da França — e trouxe como dote as terras de Poitou, Saintorge, Limousin e Gasconha, o que situa na devida perspectiva a modesta propriedade que herdei de meus pais.

Antes disso, fiz uma breve visita a Chinon, berço de um de meus vinhos prediletos, produzido com a uva de sabor penetrante, expressiva e de talo alto chamada Cabernet Franc, capaz de parecer ora brincalhona e com gosto de fruta em certos estados de espírito, ora escura e até mesmo um pouco proibitiva, em outros, mas sem jamais pretender desafiar os cumes ou arrojar-se nos abismos (de sensação, de espera) que vinhos maiores e mais ambiciosos habitam — um vinho como um lago, digamos, que muda de estado de espírito de acordo com o jogo da luz no vento e nas ondas encarneiradas, capaz de afogar um ou dois pescadores todos os anos, embora nunca se afastando da escala lacustre que lhe é predeterminada.

Cheguei cedo, naquela tarde, e fiquei caminhando em torno da ladeira que levava ao velho castelo onde Henrique II morreu. É engraçado pensar que, daquele ponto, liderou um reino que abraçava as encostas dos Pireneus e chegava aos charcos infestados de tetrazes da fronteira escocesa. Ainda aqui, a Inglaterra deveria ter sido então melhor e mais habitável do que agora, com os camponeses anglo-saxões suarentos, chulos mas trabalhadores e devidamente subjugados, dominados por uma nobreza normanda em transição entre a etapa dos pilhadores oportunistas navegadores de barcos velozes e a dos moradores de castelos, francófonos, compradores de tapeçarias, exemplo precoce mas muito espetacular de arrivismo social e de auto-aperfeiçoamento. O grosso do território, coberto de florestas, teria fornecido vastas quantidades de cogumelos selvagens, veados e javalis, os últimos especialmente saborosos quando lhes permitem alimentar-se copiosamente de seu alimento favorito, a avelã. Chinon, no entanto, é hoje nada mais que o reflexo de si mesma, graças à sua conveniência pírrica como pouso de turistas da região do Loire, tanto como ao interesse intrínseco que apresenta. Houve breve mas irritante engarrafamento de tráfego nos arredores da cidade, onde um ônibus escolar, que expelia seu conteúdo vocife-rante (os franceses levam a palma de ouro européia em matéria de escolares barulhentos), provocou um impasse (literal) com dois carros e trailers alemães. O confronto resultante constituía metáfora fatalmente fácil e entediante da história da Europa entre 1870 e 1945.

Fora de Chinon, vi uma saída para um castelo de que nunca tinha ouvido falar, o Château d'Herbault. Imediatamente, saí da estrada principal para lançar uma vista de olhos agudamente crítica e bem-informada sobre o lugar. Meu carro e eu tomamos a estrada, coberta de cascalhos, chegando a uma estrutura quadrada do século XVII, cujas janelas eram excepcionalmente pequenas. Por um momento, tive vontade de saber — antes de banir todos os pensamentos conscientes a respeito, como um monarca que exila um transgressor ou um guerreiro samurai que corta a cabeça de um camponês simplesmente para verificar se a espada está afiada — o que teriam comido meus jovens amigos no almoço e onde o teriam comprado, se teriam ouvido conselhos sobre a *charcuterie*, *pâtisserie*, *boulangerie*, *épicerie* que deveriam visitar, ou apenas optado pelo acaso. Meu irmão, quando estava muito concentrado em um projeto, deixava de fazer refeições equilibradas, como se estivesse seguindo a recomendação de Auden — "o artista vive em estado de sítio" — de modo excessivamente radical e agora agarrasse as oportunidades de comer nos raros intervalos entre a tarefas de empurrar os inimigos que tentavam escalar as muralhas com armações de madeira, extinguir fogueiras provocadas por velas incendiárias e jogar óleo fervente na cabeça dos adversários. Bartholomew dignificava seus hábitos, referindo-se a eles como se fossem os de quem faz "piqueniques", o que, na prática, significava comer pães inteiros enquanto dava voltas ao ateliê, acompanhado de pacotes de queijo fundido, meias-latas de picles, salsichas frias, feijões assados comidos diretamente da lata, enquanto caminhava como um escocês comendo seu mingau. Uma vez, tive a gentileza de visitá-lo para ver se estava bem. Dava os toques finais em um trabalho — um Hércules alegórico, torcendo-se dentro da camisa também alegórica de Nessus, que, examinada de perto, nada mais era que a pele de um animal. Eu trazia uma cesta pequena e ajuizada com as iguarias e condimentos de que mais gostava (ele estava "entre namoradas"). Ouvi-o dizer: "Ótimo, estou faminto", antes de comer um vidro inteiro de picles franceses e de adormecer no seu famoso mal-afamado sofá cor de café. Quando concluiu o parque de esculturas, na *forêt de l'Aude*, impressionou vivamente os trabalhadores locais porque parecia subsistir apenas de vinho Sancerre tinto e biscoitos digestivos de chocolate, uma delícia que desconheciam, mas cujas propriedades fortificantes os deixaram "*vraiement impressionnés*".

Era agradável, muito agradável, deixar de lado as roupas e perucas que tinham sido minhas companheiras constantes nos últimos dias e que agora estavam amassadas, ignoradas em duas maletas, na bagageira do Peugeot. Com o teto solar do veículo aberto, minha cabeça ficava exposta aos elementos de maneira muito confortável e as correntes de ar a circulavam como os ventos alísios a soprar em torno da terra. Convém explicar que a série de *muftis* e disfarces com que tenho até aqui enfeitado esta narrativa não representa o meu modo de vestir convencional (talvez a palavra habitual fosse mais apropriada). A cabeça raspada, por exemplo, apesar de constituir um penteado tão prático e de tão fácil manutenção, é vista por alguns como incoerente com meu modo de vestir, especialmente no que tange à coleção de ternos, tais como o de xadrez grande, meu favorito, que vestia aquele dia como homenagem ao tempo livre que ganhara, por conta da conjunção auspiciosa de mapa, compasso, RDF e de meu próprio engenho. Os quadrados verdes e ocres vinham complementados ou, melhor, eram cumprimentados pela camisa, de algodão cereja pálido, que deixava transparecer — muito embora apenas de perto e para o olhar entendido — a textura fina de linhas diagonais; usei a gravata-borboleta de *pois* amarelos contra fundo azul-claro, lenço de bolso igual, relógio de algibeira com correia e pesados sapatos marrons (estupendamente bem) feitos à mão.

Parei no estacionamento por volta das quatro da tarde. Havia o amontoado usual de carros de turismo e uma ou outra furgoneta infecta. Decidi não me demorar por ali, decisão correta, pois o conteúdo do castelo e sua história eram chatos e o local estava entupido com multidões de *ignorami*. Os senhores de baixa nobreza da família Herbault pareciam nunca ter feito, comprado ou pensado coisa alguma de interesse particular. O castelo, no entanto, tinha um elemento que o salvava, o mausoléu da família. A sala era bem desenhada, com razoável estatuária fúnebre. Nela, o último duque de antes da Revolução havia sido enterrado não com um nem com dois, mas aparentemente com quatro (4) de seus galgos de estimação. O mármore era maravilhosamente frio. Ficava evidente que nada combinava tão bem com a família Herbault quanto a morte.

É curioso o funcionamento da mente. A pedra funerária me deveria ter feito recordar meu irmão, já que ele, afinal, trabalhou com ela (*O mergulhador*, a *Pietá* catalã). Em vez disso, me fez lembrar, como sempre, do pobre Mitthaug, em função da complexa associação de idéias que relacionam o mármore à neve (cor, temperatura, pureza); neve que me conduz à lembrança de nosso empregado norueguês. Minha imaginação juvenil havia determinado que a Noruega vivia sob condições permanentes de alvura. Era um país no qual os seres humanos eram superados, em quantidade, pelos ursos polares, como há mais carneiros do que gente na Nova Zelândia (esse fato me impressionava fortemente: suscitava a possibilidade de que os carneiros pudessem, um dia, *assumir o poder*). De certa forma, a adequação do mármore, no contexto funerário, tem a ver com a conexão metafórica que faz a frieza da pedra rimar com a da defunta carne humana. Em parte, é claro que a perfeição do mármore intensifica sua associação com a morte. Como todas as perfeições, o mármore é inerte. Por essa razão, talvez, os artífices-artistas da Idade Média (tão desvalorizados em comparação com os *précieux* do Renascimento) teriam detestado aquela pedra, preferindo utilizar meios mais dúcteis e expressivos, demonstrando entusiasmo pela cor e pela variedade (e nisso residiria a sua força, nem sempre coincidente com o bom gosto).

Considerou-se a morte de Mitthaug como um acontecimento situado no limite entre o acidente e o suicídio. Trata-se de arena que fornece, aos que gostam de interpretar as motivações dos atos alheios e de explorar os segredos do coração humano, a oportunidade de freqüentar os abismos (meu ponto de vista pessoal: não há por quê). Os fatos: ele caiu na linha na frente de um trem da District Line, na estação de Parsons Green. Eu estava com ele. Expliquei, no inquérito, que não podia servir de testemunha por causa da luta que estava travando, no momento, com minhas mitenes, que minha mãe havia feito atar com um elástico muito curto, o que me obrigava a prender uma delas sob o cotovelo, dentro do casaco, para que pudesse segurar a outra no lugar, com a mão, e nela introduzir os dedos. Era uma operação complicada, na melhor das hipóteses, que me restringia a liberdade de movimentos e reclamava muita atenção. Parece que Mitthaug deu um simples passo para a frente e perdeu o equilíbrio, exatamente no momento errado, quando o trem estava entrando na estação. Fui poupado dos detalhes mais escabrosos — inclusive, provavelmente, do pior de todos, quando o trem, já esvaziado dos passageiros, retrocedeu para expor o corpo desmembrado de nosso antigo cozinheiro, esquartejado como uma galinha que vai ser ensopada — porque uma senhora gorda, simpática, que me havia visto entrar na estação com Mitthaug, levou-me imediatamente até o primeiro policial que encontrou. Conversaram em voz baixa enquanto eu comia a guloseima que me haviam dado à guisa de compensação. Em seguida, outro policial, cujo sotaque ouvia pela primeira vez na vida, levou-me para casa. Em Bayswater, deu-se uma sessão de terríveis revelações; somente meu pai teve a honestidade vulgar de dizer o que todos estavam pensando: "Outra vez! Não é possível". O júri do inquérito não chegou a uma conclusão, embora o juiz investigador, que de resto me pareceu encantador (tinha, na época, doze anos de idade e era, naturalmente, a testemunha principal), parecia propenso à hipótese do suicídio, em parte, talvez, creio eu, porque um dos irmãos de Mitthaug tinha, também, nas palavras de meu pai, dado cabo de si. (O juiz investigador rejeitou de saída o depoimento da mulher, claramente histérica, que afirmou haver-me visto dar um empurrão bem calculado em Mitthaug, na hora exata em que o trem chegava à plataforma.) Não se conheciam problemas amorosos ou financeiros de Mitthaug e ele não deixou nenhum bilhete, mas sua afeição pelo "sorvete", como dizia meu pai, não era desconhecida; por outro lado, foi grande leitor das obras de seus compatriotas (Strindberg, Ibsen), o que o juiz pareceu considerar um elemento relevante. Ainda assim, o veredicto foi inconcluso.

Inquéritos e funerais sempre aguçam o apetite. No dia do inquérito de Mitthaug, meus pais me levaram ao

Fortnum para tomar chá. Creio haver comido catorze bolinhos de aveia, meu recorde. Por isso, ao sair do castelo de Herbault, meu pensamento se dirigiu à avaliação do mérito relativo dos "sonhos", dos bolos de aveia e do chá tradicional dos ingleses. Segui a bem sinalizada rota do turismo oficial em direção à luz solar e à colunata. Virei a esquina e parei, um palmo aquém da colisão com o jovem casal que (para não usar eufemismos) estava seguindo. Dizer que se tratou de um desastre completo é dizer pouco. Foi uma *débâcle*.

"Não é por acaso que a palavra *débâcle* é francesa", comentou meu irmão, durante a cerimônia monstruosamente malconduzida de inauguração de uma de suas esculturas, nas proximidades de Arles. No caso, a primeira série de tentativas de descortinar a escultura não deu certo. O puxão na corda não foi capaz, como ficou evidente, de deslocar a fachada monumental de tecido. Um mecânico de macacão teve de cortar o pano para liberar a figura. A palavra *débâcle* sugere o fracasso de um plano cuidadosamente concebido; é um desastre que de certa forma deixa os envolvidos conscientes não apenas de haver perdido aquilo que sabiam, conscientemente, estar arriscando, mas muito mais. É como se a tentativa de agradar o chefe, ao convidá-lo para jantar e lhe oferecer um de seus ambiciosos pratos preferidos, resultasse na morte por envenenamento da mulher dele, na perda do emprego, no fracasso matrimonial, na falência, na violência criminal e na sua própria morte durante o tiroteio com a polícia, quando, na verdade, você só estava preocupado em evitar que a *sauce hollandaise* desandasse. Basta comparar a carga de má administração e de organização desastrada da *débâcle* francesa à qualidade, ingenuamente caótica e íntima, do *fiasco* italiano ou ao peso primitivamente viril e pragmático (e, sugiro, implicitamente reversível e portanto, no fundo, otimista) do norte-americano *fuck-up*. Como já disse, eu havia festivamente e, como percebia agora, de forma imprudente abandonado todos os disfarces. Minha roupa não passa despercebida. A razão de não ter entrado em pânico decorreu da feliz colisão de duas cadeiras de rodas, alguns metros adiante. Minha presença não foi notada. A colisão tomou foros de argumento gesticular; durante um momento, pareceu que se transformaria em uma liça.

Escondi-me atrás da pilastra que, momentos antes, havia tão displicentemente contornado. Mas como escapar? O casal descortinava uma perspectiva ampla. Encontrava-me no único ponto da colunata que não podiam ver, exatamente por detrás deles. Qualquer tentativa de me dirigir a uma das saídas me deixaria à vista. Entrar na cripta pela porta com os dizeres "*Sortie interdite*" era impensável, no mínimo porque a porta não tinha maçaneta. Durante uns segundos de delírio pensei em entrar na armadura que estava contra a parede, para depois sair correndo, rangendo e batendo. Ou talvez fosse melhor ficar escondido dentro da armadura até o cair da noite e depois dizer para os guardas que tinha adormecido no banheiro. Mas não — era preciso manter a calma. Em tal contexto, a fórmula francesa utilizada nas recomendações relativas a incêndios, desastres aeronáuticos e naufrágios de barcas pode ser útil: *Gardez votre sang-froid*. Não parecia fácil sair do claustro sem ser visto. Qualquer movimento da parte deles poderia me colocar em plena evidência, tão magnificamente visível, solitário e inconfundível como um alce na mira de um fuzil telescópico.

Sou antigo admirador do axioma de Sherlock Holmes no sentido de que, uma vez eliminada a hipótese do improvável, a solução deve encontrar-se no plano do impossível. Junto às pesadas portas do mausoléu, lembrei-me de repente do comentário de meu irmão, que dizia que "Sem saída" significava invariavelmente "Saída". Fiquei, assim, parado onde estava. O casal jovem apareceu à minha frente. Então, quando um grupo de turistas japoneses, liderados pelo guia vestido de capa, com seu guarda-chuva cor de laranja dobrado sob o braço, emergiu de dentro da cripta, rapidamente segurei a porta com a ponta do pé, mantendo-a aberta enquanto mais ou menos quarenta daqueles amadores de cultura saíam dali, até que perdi a paciência e me precipitei para dentro do recinto, contra o fluxo do tráfego, passando pelos objetos e memoriais do Château d'Herbault a toda velocidade e em sentido contrário, como um filme projetado de trás para diante. *C'est interdit*, gritou um guarda, quando abria caminho com os cotovelos na direção da entrada, a certeza de que havia escapado a crescer dentro de mim enquanto fugia para o estacionamento, atravessava-o, entrava no Peugeot e me mandava para Fontevraud. Na ocasião, pareceu-me instintivamente que o guarda fora capaz de perceber que eu falava francês fluentemente.

Outono

UM "AÏOLI"
UM CAFÉ DA MANHÃ
UM CHURRASCO
UMA OMELETE

UM "AÏOLI"

"Não chega a ser exagero afirmar que a paz e a felicidade começam, geograficamente, no lugar onde se usa alho na cozinha." Assim dizia X. Marcel Boulestin, herói da interação culinária anglo-francesa, inexplicavelmente omitido no *Larousse gastronomique*. E quem não se convenceu da veracidade de suas palavras, ao chegar àquela terra cujo nome, em si mesmo, evoca a ampliação das possibilidades sensuais da vida, a vibração de notas adicionais em ambas as extremidades da escala emocional de cada um, a série de novos tons no grande órgão musical da mente, a expansão de todas as células de nosso instrumental sensorial, um novo *rapprochement* entre corpo, mente e espírito; aquela terra que é também idéia, meio, *métier*, programa, educação, filosofia, *cuisine*, uma palavra: a Provença. (Ao reler a frase, descubro que requer, do ponto de vista da gramática, um ponto de interrogação; reluto, no entanto, em acrescentá-lo.) Ninguém consegue esquecer a primeira visita que fez a essa região encantada, ao dirigir-se em direção ao sul de automóvel, seguindo a *autoroute* ou trançando pelos caminhos do *massif centrale*, até chegar àquela sutil, mas depois cada vez menos, alteração no clima e na topografia que denota — ou conota? — o Sul. Fiz uma dessas viagens nos dias imediatamente anteriores aos eventos que irei descrever (sentado à mesa do café sob um limoeiro em

L'Isle-sur-la Sorgue; *citron pressé*; ruído do rio Sorgue passando por baixo de uma pequena ponte nas proximidades; bicicletas motorizadas; onze horas da manhã).

Esta, é claro, é uma noção essencialmente cômica, não obstante a opinião de Alfred Jarry, no sentido de que os lugares-comuns constituem o arcabouço do absoluto. O encontro entre Norte e Sul tem sido uma das cumplicidades definidoras e organizadoras da Europa, cujas diversas formas apresentam a mesma continuidade na mutação das identidades que ocorrem dentro de um sonho; o estranho encontro do visigodo culto, capaz de citar Catulo, amante de arquitetura, com o romano bruto; o viking a servir de guarda nos palácios de Bizâncio ou — maravilhoso nome viking para a cidade de nome mais maravilhoso do mundo — em Miklagard; os normandos na Sicília; os laboriosos preconceitos dos viajantes ingleses durante o Grand Tour, com medo de bandidos e de tempestades elétricas; Goethe fornicando em Roma; Byron e sua condessa e sua política; festas de carroceiros no palácio papal de Avignon. Os trabalhadores do Norte que realmente entenderam o pensamento do Sul foram poucos, e se me encontro entre eles não terá sido por nada que fiz, mas em função do conhecimento instintivo dos ritmos e dos imperativos da vida no *mezzogiorno* — a vida a poucos passos do ruído das cigarras. Para expressá-lo de outra maneira, são poucas as pessoas, nascidas numa cultura que não faz uso do azeite de oliva como principal elemento de cozinha, capazes de se gabar de um gosto genuíno pelo *pastis* e pelas bebidas alcoólicas que lhe são associadas.

Sentei-me a esta mesma mesa de café, na primeira noite que passei na Provença na condição de habitante local — um ponto de encontro agradavelmente "desconhecido", cujo *croque-monsieur*, perfeitamente decente, ensinei os proprietários, nos anos subseqüentes, a animar, mediante acréscimo de uma colher de mostarda ao molho. As trabalhosas negociações burocráticas comuns a todas as transações legais francesas haviam transformado o processo em operação penosa e demorada, aliviada apenas pela duplicidade divertidamente transparente dos proprietários anteriores, um casal miseravelmente belga. Na véspera da compra, encontrei-os no ato de tentar repatriar uma geladeira com freezer e uma máquina de lavar que estavam explicitamente incluídas nos termos da venda. Expressaram sentimento de culpa como os adultos em geral o fazem, dando uma demonstração de mau humor. Penso que imaginaram que me encontrariam dispersivo e fácil de enganar por causa do luto: "*Ses parents sont morts dans une grande explosion de chaudière*", explicou meu advogado, fazendo com que se acendesse no olhar suíno do marido uma expressão de esperteza de teatro-revista.

Na primeira noite, deixei a casa destrancada e passei de carro pelos campos de vinhedos e oliveiras até chegar a L'Isle-sur-la-Sorgue, onde me sentei no terraço, tomei uma série de Ricards e pensei na consumação de minha relação com o Mediterrâneo. Visitei a região pela primeira vez numa viagem paga pelos meus pais como presente de aniversário, aos dezoito anos; tinha ido ver meu irmão, que morava e trabalhava então em um chalé perto de Arles. Estabelecemos uma rotina segundo a qual eu pegava a bicicleta e ia à *boulangerie*, à *épicerie*, *boucherie* e peixaria, antes de tomar uma *tisane*, dentro ou, o mais das vezes, exibido, do lado de fora de um café particularmente chique e meio caindo aos pedaços; anos mais tarde, chegava precariamente à aldeia na minha pequena mobilette, que nem sempre conseguia subir o morro; voltava com a mochila cheia de baguetes e patê para uso imediato e de comida mais substanciosa para mais tarde.

Terá ficado claro que me sinto, aqui, muito à vontade? Foi aqui, majoritariamente, que passei a semana interveniente a partir dos acontecimentos que irei relatar. Dividi o tempo entre este café e minha modesta casa, enquanto datilografava minhas reflexões e pensamentos culinários. O dia dividia-se em seções, como segue: rápida chegada à "cidade" para tomar um *café noir*, uma ronda de cumprimentos e compras; *café au lait* no terraço na luz matinal; pausa para um almoço simples (omelete, Vichy, pêssegos, salada de tomate, sopa de alho, *terrine de campagne*, *ratatouille*, baguete), também no pátio, antes de o sol tomar posse total de seu domínio; cochilo de tarde, na cadeira perto do fícus situado ao lado da piscina, a uma distância calculada exatamente para evitar que as folhas caíssem na água; mergulho; xícara fortalecedora de Twinings English Breakfast; segundo mergulho; ida ao café e depois jantar frugal lá mesmo, ou em um hotel local sabiamente modesto.

Em termos culinários, o ponto alto de qualquer aproximação culinária com o Sul é o alho. Essa planta, cujo nome latino é derivado da palavra céltica que significa "quente" (será que podemos concluir daí que os ancestrais de Mary-Theresa a comiam como parte de algum rito druídico envolto em névoas?), vem sendo objeto de controvérsia e laudações desde o tempo dos romanos, temida pela pungência e reverenciada pelas propriedades quase médicas. Os povos do Norte e do Leste da Europa nunca comeram alho de bom grado. Seus componentes de corporeidade penetrante e de prazer talvez sejam demais (como disse W. H. Auden, ele próprio representante meio cômico do encontro entre o Sul e o Norte) para os que pertencem a "uma cultura de cerveja e batatas, permeada pelo sentimento de culpa".

Para certas pessoas, no entanto, a idéia de cozinhar sem alho é — bem, basta dizer que é impensável (palavra que se contradiz a si mesma). A importância do alho, na minha culinária, não pode ser dissimulada. O fato é que gosto de celebrá-lo, quando chego à França, com um *grand aïoli*, a festa na qual desempenha papel central e sagrado; a maionese lendária de alho, servida com uma seleção de acompanhamentos arrumados à volta. Um dos prazeres do prato reside em sua inversão da correlação entre os papéis secundário (molho) e de estrela (como diz minha jovem amiga, a parte protéica).

Evidentemente, essa é uma das delícias secretas de muitos preparados populares no mundo — o molho de *curry* que não passa de um álibi para seu arroz Basmati, os pedaços de bife que são apenas uma justificativa oficial para o pudim de Yorkshire (os franceses algumas vezes insinuam esse relacionamento nos pronomes possessivos de seus menus — *ris de veau et sa petite salade de lentilles du Puy* — como se só houvesse um companheiro possível no mundo e aquele elo fosse indissolúvel, à moda do casamento ou da ligação psíquica entre irmãos gêmeos). É, assim, truque útil, a ser lembrado quando se buscam efeitos culinários agradáveis às multidões. Basta inverter a relação convencional entre os componentes de uma refeição — deixando, por exemplo, que um pequeno pedaço de carne grelhada seja ofuscado pela terrina extraordinariamente gostosa de batatas amassadas (pense em um cortejo motorizado em que o personagem real, em vez de se encontrar metido na limusine central, passe à frente da comitiva, liderando os batedores de motocicleta). Existe um fenômeno, familiar a todos os campos da atividade artística, pelo qual as obras demasiado delicadas ou pesadamente pseudo-épicas, em todos os meios de expressão, revelam momentos insuspeitados de verdade, durante os quais o artista está, como se diria, olhando para outro lado (a capela que meu irmão ergueu em Dugois, na Bélgica, supostamente uma obra-prima, na realidade não passa de um exemplo clássico do que estou mostrando; é uma concepção excessivamente trabalhada, exageradamente grandiosa — pilastras torcidas em direção ascendente etc. —, redimida pela simplicidade e singeleza do elemento arquitetônico que ele, claramente, esqueceu-se de considerar e portanto de estragar, a saber, a fonte deliciosamente leve e sem musculatura e despropositada, em forma de cálice, até hoje negligenciada pelo público e pelos críticos).

Aïoli. Esse prato é encarado com fervor místico na pátria provençal que adotei. Ocupa lugar elevado no folclore local por razões culinárias, culturais e medicinais. Pierre e Jean-Luc são partidários especiais do molho e durante a preparação do *aïoli monstre* que constitui peça máxima da festa estival da aldeia (cujo outro destaque é o espetáculo de mamelucos feitos à mão, de fascinante mau gosto, promovido pelo padre setuagenário) são vistos indo de casa em casa, ansiosamente, para supervisionar a confecção do molho brilhante, da *morue* reconfortadora feita no caldo de peixe, dos legumes frescos cozidos *al dente* que serão mais tarde servidos na praça à frente do memorial de guerra, a lista de sobrenomes trágicos agrupados por família, *morts pour la patrie*, diante das três frentes de mesas de cavalete, sob o sol quente, com abundante vinho *rosé* e na presença das quatro gerações de habitantes de St. Eustache, todas criadas sob o alto domínio do alho. Adquiri dos irmãos minha própria técnica de fazer *aïoli*, que aceita sem problemas o papel do liquidificador, de preferência ao trabalhosíssimo e autêntico método tradicional de montagem manual, com pilão: ponha duas gemas no liquidificador; acione-o; junte quatro dentes de alho e acrescente, aos poucos, duas xícaras de azeite de oliva (*ail* quer dizer alho e *oli* é azeite de oliva no dialeto atraente e rústico da Provença) e o suco de um limão. Apesar da simplicidade de sua preparação, o prato retém sua mística, como interessante refutação da teoria marxista da mais-valia e de sua tese sobre o fetiche.

Meu irmão, que não gostava muito do que, com falsa simplicidade, chamava de "comida estrangeira" (categoria da qual excluía o *curry*), era, no entanto, entusiasta do alho, especialmente na forma do *aïoli* em discussão no momento: "a coisa mais próxima ao molho HP que têm os franceses", lembro-me de tê-lo ouvido comentar, enquanto adicionava outra porção da iguaria ambrosíaca ao prato (isso ocorreu quando morava na Bretanha, perto de um bistrô que rotineiramente apresentava um *aïoli garni* como especialidade da casa, nos almoços das sextas-feiras). Quando me visitava em casa, na Provença, depois da morte de nossos pais — comprei-a com recursos da herança, enquanto ele ainda passava os verões na choça dele perto de Arles —, insistia sempre em que lhe preparasse um *aïoli* da clássica *marque* provençal, centrado no pedaço de peixe frio cozido em líquido (muitas vezes, controversamente, não empregava bacalhau salgado) ou de uma seleção pessoal de carnes fervidas e de inteligente arsenal de acompanhamentos arrumados como uma guarda de honra comestível (ovos fervidos, aspargos, brócolis, feijões, cenouras, *haricots verts*, batatas novas mornas em sua casca, ou, como diriam os italianos, em camisola, tomates, aipo, beterraba, grão-de-bico e alguns *escargots* cozidos). Consumido em grande quantidade, o *aïoli* pode ser entupitivo; daí, é melhor dar-lhe de acompanhamento elementos leves e estimulantes. Prefiro servir apenas uma salada verde temperada (com uma vinagrete magnanimamente livre de alho) e algumas frutas. O vinho preferido é o *rosé* local. Frédéric Mistral, até onde sei o único poeta a ter recebido o nome de um vento importante da Europa, escreveu: "O *aïoli* representa o calor, o poder e a alegria do sol provençal, mas tem outra virtude — espanta moscas". Em 1891, Mistral fundou um jornal literário chamado *L'Aïoli*.

Foi com o projeto provisório de construir tal regalo que me aventurei até Apt, certa manhã, há alguns dias. Apt dista cerca de quarenta e cinco quilômetros de St. Eustache. Possui uma feira livre. Vou lá semanalmente, para compras especiais, não para as simples aquisições do dia-a-dia. Vou lá também, de vez em quando, nas quintas-feiras alternadas em que o mercado ostenta, como anexo ou adjunto, um setor de barracas que vendem *bric-à-brac* e supostas antiguidades — em geral e por assim dizer congenitamente caras demais, mas que não deixam de conter a possibilidade de uma *trouvaille* não totalmente destituída de graça. O *escritoire* de meados do século XIX, de que tanto gosto, constituiu um desses achados. Os longos anos passados escondido no fundo de um galinheiro deixou-lhe odor perceptível, que lhe baixou o preço na banca do "estrangeiro" — um refugiado parisiense das lides da publicidade, residente no Sul há duas décadas —, de quem o comprei. O cheiro de galinha foi amenizado com a aplicação herética de diversas mãos de verniz. ("No que respeita aos objetos domésticos, se você não os pode usar, então não são, por definição, bonitos" — máxima de meu irmão com a qual, excepcionalmente, concordo.) Quando iniciei a caminhada pela aléia central do mercado, passando, à esquerda, pela barraca de cogumelos do sr. Rebluchon, com seus tesouros do final do verão — perdi este ano a estação de *morelle*, razão pela qual ouvi, do vendedor compacto cuja pouca estatura parecia parte do seu equipamento profissional, tanto como a cesta de vime e o cão de caçar trufas, uma amável admoestação. À direita, encontrava-se o estande da emburrada madame Volois, cujo desleixo se revelava na maneira de apresentar a mercadoria —, um repolho caiu da caixa excessivamente cheia, dentro da cesta de cenouras logo abaixo, uma alface *mâche* se escondia entre os pés de rúcula como uma carta arquivada no lugar errado — e denunciava o fato de que, das oito ou nove barracas de legumes da feira, esta era a pior; pois quando comecei a perambular, tive a nítida sensação de que a busca do dia não seria vã, como a premonição aguda do caçador quanto ao êxito da caça. O sentimento se intensificou quando passei diante da barraca impecável de monsieur Dupont (já há muito sem morangos, mas com os cítricos em plena forma) e do estande de queijos de madame Carpentier, uma viúva cujo marido executara todas as operações visíveis enquanto vivera assumindo para si os créditos da excelência dos queijos e da perfeição da condição em que eram servidos, o que levou os locais a temer um desastre quando morreu de derrame, mas que retomou o negócio em silêncio quase total, responsabilizando-se inclusive pelos aspectos públicos do ponto-de-venda, havendo a qualidade dos queijos, se é que mudou, melhorado, o *on-dit* local logo substituindo a frase "Nunca vai dar certo" por "É lógico, era ela que tinha o bom olfato".

Os pontos-de-venda estavam ativos. Eram onze e quinze. O mercado abria de oito da manhã às doze, quando começava a arrefecer, muitas vezes de modo surpreendente para os anglo-saxões e gente do Norte em geral, pela maneira acelerada com que, a partir do momento em que um ou dois feirantes recolhiam a mercadoria, o local ficava definitivamente abandonado e tomava o ar de um acampamento de beduínos desfeito há dois dias. Essa característica aplicava-se, especialmente, à parte de comestíveis do *marché*; dos antiquários, um ou dois permaneciam até as primeiras horas da tarde, antes de recolocar objetos e badulaques numa vasta antologia de Peugeots, Renaults e Citröens de idades diversas.

"Estavam bem as *merinjanas,* monsieur?", perguntou monsieur Androuet, quando me juntei à fila digna que esperava diante de sua barraca de verduras. Claro, minha presença ali era, em si mesma, a mais sonora afirmativa. As berinjelas — monsieur Androuet, nascido na Bretanha, fascinado por antigüidades e pela história provençal, havia usado o termo dialetal, que encaixei sem pestanejar — tinham, de fato, sido satisfatórias, constituindo a base de uma *ratatouille* estupenda que durou vários dias, especialmente gostosa quando servida quente na baguete fria ou vice-versa (meu irmão me ensinou a fazer esse tipo de sanduíche na única ocasião, penso, em que uma de suas práticas culinárias influenciou as minhas. O segredo é maneirar no tomate). Outro prato interessante em que a *merinjana* figura como estrela é o maravilhosamente bem condimentado *imam bayildi* turco, cujo nome significa "o imã desmaiou", costumam contar, porque o prato era tão refinado, mas sempre me pergunto se não interveio uma reação alérgica. É surpreendente a variedade de reações alérgicas e respostas a toxinas, desde o inchaço quase instantâneo, manchas no corpo e desmaios das alergias comuns a alimentos (vi uma vez um homem ficar roxo no restaurante em Estrasburgo e entrar em convulsões dez minutos depois de ter comido um amendoim) até o período sem sintomas, de setenta e duas horas, que antecede o demorado colapso hepático, invariavelmente fatal, ocasionado por certos fungos.

Examinei a feira. Sentia comichão no couro cabeludo (seríamos muito mais pacientes com nossas coceiras se as tomássemos pelo que tantas vezes são, paladinas da vida que ressurge). Monsieur Androuet despediu-se apressadamente do comprador anterior para me atender, já que eu era um de seus clientes favoritos. Comprei batatas para saladas, alguns feijões, cenouras para cor e textura e tomates redondos, antes de, com gesto encantador, aceitar um punhado gratuito de manjericão e de colocar cuidadosamente minhas compras junto com os ovos que trazia no fundo da cesta. Monsieur Androuet não quis vender-me as pimentas, cujo estado disse ser adequado mas não excepcional. Tratou-se, em parte, de piada ou de alusão relativa ao incidente que aprofundou nosso relacionamento no início, quando reclamei de uns alhos-porós "fibrosos" que me havia vendido e trocamos palavras, drama ao fim do qual acabei brandindo no ar um exemplar comprovador, em imitação inconsciente, segundo me dei conta mais tarde, do Fluellen de Shakespeare, e intercambiamos as seguintes palavras:

MONSIEUR ANDROUET: "É adequado".
EU: "A mera adequação é sempre inadequada".

Monsieur Androuet fez uma careta, virou a cara e eu dei meia-volta e parti. Da vez seguinte, quando visitei seu estande, cumprimentamo-nos de forma muito cordial, cordialidade que, com o tempo, evoluiu para uma verdadeira amizade, progressão que notei ocorrer muitas vezes com os franceses, que parecem sentir-se mais à vontade quando a amizade é precedida por e selada com uma discussão. (Não é por acaso que a palavra é francesa: *entente*.)

O mercado da quinta-feira estava mais movimentado que de costume. Caminhei pela aléia cheia de gente, acertando uma joelhada quase acidental na cabeça de uma criança que corria ruidosamente entre as barracas; a criança estancou por um momento e depois irrompeu em lágrimas copiosas. A sombra dos limoeiros, no centro da praça, tornava-se crescentemente ineficaz ante o calor do dia, que, no entanto, trazia consigo o consolador prenúncio da hora do almoço.

Será que o caçador sempre pressente o sucesso? Será que a flechada acertada pode ser prevista pela observação do comprimento do braço do arqueiro? O padrão de todas as nossas indagações é o de perguntas do tipo retórico? Ao caminhar pela feira, naquele dia, confesso que senti certeza química quanto ao desfecho de minha expedição, conhecimento explosivo, completo em si mesmo, como o de um fio de prumo que confia em sua verticalidade. Esse sentimento se avolumou, espécie de excitação nervosa, de intumescimento intelectual, enquanto virava a esquina perto da barraca de frutas de monsieur Remoulé, cuja seleção de *grapefruits* de quatro tonalidades estava especialmente colorida e brilhante naquela manhã, os melões perfumados de Cavaillon empilhados, perto da copiosa deliqüescência de uma melancia de exibição, fatiada para mostrar sua madurez, seguindo o traço de um corte vulvar e direto.

Contornei o estande movido a bicicleta, frágil e engenhoso como o primeiro catamarã, onde madame Berti (uma italiana emigrada) vendia sorvetes e gelados, fabricados em casa antes de sair para empreender a viagem de dois quilômetros e setecentos e cinqüenta metros, percorridos duas vezes por semana para chegar à praça. Nunca oferecia mais de três de seus famosos sorvetes (era embaraçosamente generosa comigo, simplesmente porque lhe fiz a sugestão, que mais tarde transformou em um sabor especialmente bem-sucedido, o do deliciosamente refrescante *sorbet* de flor de sabugueiro — "*mon anglais ingénieux*", era o que dizia aos outros clientes, admirativos e invejosos, deixando-me encabulado). Ultrapassei as primeiras instalações do mercado de antigüidades, barracas pouco mobiliadas cuja ingenuidade e improvisação davam ao *connoisseur* a sensação confortável de que talvez fosse possível encontrar raridades ali; entrei no coração do mercado, onde havia muita gente. O ar de cobiça silenciosa e de exploração mútua era quase tão visível como o seriam as ondas de calor que se erguem da estrada, no caminho de volta, seu efeito ressaltado pela saudável presença de turistas encarneirados, vestindo trajes de férias. Andei na direção de um grupo de turistas, os ouvidos aguçados e o olhar tão alerta que senti vivamente, por um instante, a proximidade do ser humano com o reino animal, tão dependente dos sentidos como nós o somos da inteligência: sentia-me capaz de coletar frutos, de comer a carne de animais que havia matado e assado numa fogueira, atiçada por mim mesmo com madeira que cortei com minhas próprias mãos. Armara, como se pode notar, um verdadeiro estado de nervos. Só então percebi que as vozes que tinha ouvido, falando inglês, não eram inglesas, mas americanas; segui até o final da rue des Antiquités, passei pela banca de ervas cujo proprietário hirsuto era tido como fornecedor de alguns itens de finalidade não estritamente culinária (meu irmão uma vez me disse que a marijuana "não me provoca sensação alguma, a não ser uma excitação de bode na hora e a incapacidade, na manhã seguinte, de lembrar meu próprio número de telefone") e, ao dirigir-me aos antiquários, senti crescer em mim o desapontamento que muitas vezes preludia o êxito, êxito que perseguia desde a cinzenta Portsmouth, que me havia levado a percorrer diversas centenas de quilômetros em estado de perseguição e vigilância; de forma que me senti perturbadora e profundamente recompensado quando a vi diante de mim, como um sol nascente, o marido corpulento, pálido e sombrio, inevitavelmente a seu serviço, e ela radiante, luminosa, o cabelo irradiando mais luz do que recebia, sua expressão, no momento de recolocar um relógio dourado oblongo na prateleira, a trair contido divertimento e polidez comedida, ao passo que o vendedor rejeitado, visivelmente deslumbrado, mantinha a paisagem lunar do rosto esburacado pela acne estoicamente neutra enquanto ela se erguia e começava a andar na minha direção. Eu, em antecipação, fechei a passagem diante dela, os outros ocupantes do mercado irreais para mim, tudo, no mundo, uma farsa, exceto eu e ela e meus propósitos. Avancei em sua direção e disse, em tom incisivo:

"Mas, meus queridos — que coisa tão, tão improvável."

UM CAFÉ DA MANHÃ

"...e depois fomos ver as pinturas dos apóstolos em Kerneval, aquelas com os atributos de cada ofício, que só conhecia de reprodução. Em seguida, fomos até Chinon no Loire, onde vimos o parque de esculturas de que se fala tanto, mas o guia tinha os horários errados, de modo que perdemos um dia olhando castelos e depois voltamos, o que valeu a pena, não foi, meu amor? E, depois, um ou dois dias andando por aí, o que, penso, Hugh achou bom, porque nos deu uma folga da obra de seu irmão, embora ele seja quase tão admirador como eu, e depois viajamos pelo *massif*, extraordinário, e agora só nos restam três dias, de modo que vamos visitar as coisas do pequeno museu de Arles, na antiga casa dele, e deixar o carro em Marselha para tomar o avião de volta para casa. Hugh não fica muito contente com a idéia, porque morre de medo de avião, não é, meu amor?"

A questão coincidiu com a ingestão, pelo pobre admirador, de uma *tartine*, o que nos poupou de outra resposta além de um gesto "engraçado" de cabeça do rapaz, que queria agradar. Estávamos tomando café da manhã no pátio, à sombra da árvore, por causa do horário matinal. Havia recomendado a meus hóspedes, que passariam a noite, que chegassem a tempo de aproveitar a vista matinal sobre o panorama compacto de pedra e oliveiras e vinhedos, com o sol forte a incidir na vila de Gordes, cerca de oito quilômetros adiante.

"É admirável ver como conseguem combinar tão bem o prazer e o trabalho", comentei maliciosamente, "embora, em certo sentido, todos os casais em lua-de-mel unem, por definição, prazer e trabalho."

"Isso é algo que Duchamp situa muito bem em *A noiva desnudada por seus celibatários* — a intrusão da mecanização em áreas onde a metáfora dominante oficial ainda é a da intimidade. Acho que Duchamp está dizendo que o colapso do espaço pessoal pode se comparar ao desaparecimento dos sistemas tradicionais de valorização da arte, assim como, é claro, ocorre com a crise nas relações entre os sexos, sob o capitalismo. Absolutamente. Pensei em escrever minha tese de doutorado sobre Duchamp. Na verdade, ofereceram-me uma vez emprego na Califórnia para dar aulas sobre arte de vanguarda. Acho que já lhe contei. Seu irmão falou alguma vez de Duchamp?"

"Hywl, você talvez aprecie esta compota de figo junto com a brioche. A melhor maneira de usar figos, na minha opinião, especialmente desde a comparação constrangedora que D. H. Lawrence fez entre figos e genitália feminina. Mas vocês, casal em lua-de-mel, não vão querer ouvir essa conversa obscena de um velho esquisitão. Amigos italianos costumam dizer que os figos são um bom acompanhamento para os presuntos de Parma. Esses, é lógico, são da nossa árvore. Laura, um pouco mais de café? *Dommage.* Não, acho que Bartholomew pensava que Duchamp devia ter continuado a jogar xadrez. Mas não falemos dessas histórias cansativas de trabalho. Haverá muito tempo para isso, mais tarde. Prometi a você uma entrevista formal e você a terá. Desde que Hywl o permita, é óbvio..."

"Tenho meu livro e a sua piscina. Não acredito que haja problema com meu emprego do tempo entre este momento e o cair da noite", disse Hugh, lançando na direção de

Laura um rápido olhar que continha, repugna-me dizê-lo, malicioso lampejo de subentendido marital.

"...e então lhes darei de comer devidamente", continuei, com firmeza. "No almoço, só uma coisa leve, porque nós, trabalhadores, temos que trabalhar e não queremos que você tenha espasmos na piscina e morra afogado, não é verdade? Hywl? Mas comeremos algo mais substancioso de noite e os porei na estrada amanhã de manhã, com uma pequena merenda."

"Você está sendo demasiado b..."

"Talvez deva, antes, passar em revista umas coisinhas, não se deve chamá-las de regras, mas suponho que o sejam. Cuidado com a parte rasa da piscina à esquerda. A beirada do degrau é muito aguda e cortante. Não queremos levá-lo ao médico para tomar injeção contra tifo, perdendo tempo valioso da entrevista, queremos? E, também, cuidado com as vespas aparentemente afogadas, pois muitas delas conservam a capacidade de picar. Talvez a habilidade de picar enquanto aparenta estar morta seja o que confira à palavra "vespa" (em inglês *wasp*, acrônimo de *white anglo saxon protestant*, protestante branco e anglo-saxão) sua utilização metafórica. Só uma idéia. De toda maneira, há uma espécie de rede, em forma de cesta, que também serve para se livrar de folhas flutuantes. Sinto, mas sou obrigado a insistir em que todos os banhistas sequem os pés antes de entrar em casa — Laura terá notado o desenho do *kelim* dentro da casa, embora somente alguém que tenha lidado com tapetes possa compreender adequadamente sua raridade e valor. Acho que temos uns pés de pato na cabana, mas não do tamanho de seus pés, Hywl, que parecem muito grandes. Se tiver vontade de tomar alguma coisa, lembre que *mi casa es su casa*, ou, em outras palavras, você mesmo o pode preparar, mas, se quiser uma xícara de chá, tome nota de que a ignição do fogão não é totalmente de confiança. Por último, e mais importante, se quiser passear morro acima, em vez de morro abaixo, na direção da aldeia, quando chegar a uma bifurcação não tome, em nenhuma circunstância, a rota mais alta, que lhe parecerá levar à cidade mais rapidamente (como de fato ocorre) do que o faria a estrada mais baixa e grosseira, a qual, desanimadoramente, parece afundar e nos fazer perder a altura laboriosamente adquirida; especialmente, Hywl, se damos sinais de ter um ou dois quilos a mais; mas não tome, por razão alguma, a estrada alta, pois ela atravessa as terras de dois irmãos, pessoas absolutamente adoráveis, exceto quando estão armados com espingardas e pisam suas próprias terras. Houve um mal-entendido pavoroso, há alguns anos, com uma vizinha inglesa que gostava de vir aqui para usar a piscina, nem sempre, cá entre nós, atendendo a convite formal explícito. Assim, lembre-se de contornar o morro em vez de escalá-lo. Bem, é isso. O almoço será lá pela uma. Depois disso, enfim, sei quanto tempo de sono os casais em lua-de-mel necessitam, de forma que a deixarei livre por algumas horas, Laura, enquanto Hywl e eu vamos à aldeia fazer compras para o jantar. Voltaremos à entrevista na parte da tarde."

Coup d'oeil — não por acaso é termo francês.

O barulhento Hywl foi desfazer as malas, atirando-se de lá para cá pela casa, enquanto eu recolhia a mesa do café e Laura tomava sol. Uma das dificuldades do café da manhã é encontrar o equilíbrio adequado entre refresco e saciedade. Os hábitos relativos ao café da manhã variam muito de cultura a cultura e as atitudes nacionais com respeito ao tema divergem mais do que em qualquer outro caso. O trabalhador mexicano, por exemplo, quando acorda de madrugada, embebe um pedaço de *churro* no café, engole uma aguardente e vai para o local de trabalho; o francês, ereto no *zinc*, toma uma tigela de *café au lait* com o *croissant* opcional; os vitorianos preferiam seu *kipper*, seu *kedgeree*, sua torrada com geléia de laranja e sua costeleta de cordeiro; o boiadeiro australiano, em enigmática harmonia com o gaúcho genioso dos distantes pampas argentinos, sob o mesmo céu meridional, comemora a madrugada (a surgir, na nossa imaginação, sobre uma paisagem quase marciana de pedras e areias vermelhas) comendo bife, ovos e *ketchup*; Casanova comia duzentas ostras antes de começar o verdadeiro labor do dia, sedução ou biblioteconomia (existe continuidade não detectada entre essas duas atividades, algo a ver com a essência da catalogação); os japoneses preferem sua sopa inimaginável; os mongóis a cavalo abrem, de madrugada, uma veia do pescoço da montaria para beber-lhe o sangue fortalecedor; lembremos os desjejuns inventivos, terríveis, de nômades nas estepes, desertos e montanhas. Meu irmão, tipicamente, se entusiasmava com o *fry-up* ou, como insistia em dizer, em homenagem ao tempo passado em Dublin, onde alega ter adquirido esse gosto, pelo FIB, *full Irish breakfast*. Partilhei com ele esse café da manhã irlandês completo em muitos estabelecimentos tristes, sem falar nos ateliês e estúdios poeirentos, mas bem iluminados, onde nunca deixava de instalar um fogão (freqüentemente ilegal, em geral a gás), sobre o qual preparava suas misturas de bacon e ovos, salsichas, pão frito e outras combinações. Era problemático encontrar Black Pudding de confiança e, portanto, declarava-o opcional. Pronunciava os nomes dos ingredientes como se constituíssem uma só palavra: baconovossalsichapãofrito. Gostava de dizer que toda pessoa que sabia preparar um *fry-up* direito havia dominado a perícia necessária, no sentido do controle de tempo e ingredientes, à confecção de qualquer outro alimento. "Comparada ao FIB, a vitela *à la Prince Orloff* com *pommes soufflés* é um rabisco." Prefiro um pedaço ou dois de boa fruta e uma xícara de café. Gorduras animais e cereais são, respectivamente, indigestas e desenxabidos demais para consumo matinal. Às vezes cabe o *croissant*, embora isso dependa da existência de uma boa *boulangerie* na área. Em minha casa na Provença, depende de me sentir disposto a descer até a aldeia para uma chegada diária à padaria, antes de romper meu jejum; normalmente, não consigo arregimentar inclinação suficientemente forte nesse sentido. O *croissant* e as *tartines* de hoje são uma concessão ao gordote do Hywl.

"Começamos?", surpreendi Laura com a pergunta. Ergueu-se da cadeira. Os shorts largos desciam um pouco pelas suas pernas douradas quando se alçava.

"Está tão agradável aqui, dá vontade de não trabalhar. Me pergunto se conseguiria realizar algo se morasse aqui."

"Isso passa."

Uma lagartixa, galvanizada pelo calor, voou por cima da mesa do pátio entre nós dois. Laura começou a arrumar cadernos e apetrechos técnicos, tirando-os de uma grande bolsa a tiracolo de ráfia, de aspecto artístico.

"Talvez, senhor Winot, o senhor possa fazer um resumo de como foi criado, e como B. W. o foi, para que eu..."

"B. W.?"

"Desculpe — seu irmão. É assim que me venho referindo a ele nas notas que tomo. Para evitar, pelo momento, o problema que terei de enfrentar quando chegar o momento de escrever a biografia, a saber, se preferirei referir-me a ele como Barry, que parece, um tanto, fazer o gênero amiguinho, ou como Winot, que soa a menino de escola. Assim, decidi só decidir quando estiver começando a versão definitiva."

"Espero e confio em que eu vá ser Tarquin durante todo o livro. Tarquin Tarquinibus, o Tarquínio dos Tarquínios. Como você provavelmente sabe, fui batizado Rodney; o Tarquin foi toque meu, influenciado pelo carismático vilão de Shakespeare. Ha ha. Que tédio a Lucrécia — tanta virtude, tanta lamúria. Resumo de nossa criação. Não, acho que não o farei. Mas, se você me fizer perguntas específicas, darei respostas específicas."

Não faria justiça à minha interlocutora se não registrasse aqui tanto a momentânea perda de face quanto a rapidez com que a recuperou, como um regimento de elite que tivesse sido chamado a voltar da fronteira para a cidade, a fim de extinguir uma insurreição na capital. O barulho das cigarras de repente fez um impacto indesejado na minha atenção, na transição abrupta de um estado de percepção inferior ao limiar de consciência a outro muito superior, como um foguete que se elevasse do patamar do mais profundo descaso ao da irritante impossibilidade de ignorar.

"Está bem", disse ela, procedendo de forma atraente e objetiva à arrumação dos papéis. "Diga alguma coisa sobre a educação que tiveram, seu irmão e você."

Tarquin, pensativo, fitou a distância durante uns momentos.

"Prefiro não fazer a crônica de meu desenvolvimento inicial em termos de coisas externas. Nesse aspecto, os imperativos do biógrafo e a vida vivida pelo retratado não coincidem. A triste relação de escolas, prêmios, listas de lavanderia, que significa, afinal, em termos de subjetividade vivida? É possível que a lista de lavanderia seja mais reveladora da subjetividade do retratado do que toda a parafernália documental — mais manias, mais individuação aleatória. Nosso herói terá realmente passado uma semana inteira sem trocar de cuecas, para depois, no trimestre seguinte, trocá-las duas vezes ao dia? Que uso terá dado à camisa bordada que — conforme aparece neste recibo de caligrafia estranha e bela, sugestiva, para a mente novelística do nosso imaginado historiador, da possibilidade de romance entre a beldade tímida e ruborizada sentada atrás do balcão e o artista, um gigante arruinado, a apresentar-lhe o embrulho de miudezas na visita semanal, breve contato humano do qual ele, sem se dar conta, passou a depender — está com uma 'mancha indelével'? (Título possível para a biografia.) Quem sabe, um dia um escritor inventará uma vida e a apresentará com simplicidade, na forma de seqüências de documentos, sem ênfase ou comentário: certificado de nascimento, relatórios de escola, licença de conduzir, apólice de seguro de vida, pedidos de devolução de livros, listas de lavanderia, inventário dos bens caseiros assegurados, listas de compras, receituários não preenchidos, talões de postos de gasolina não resgatados, pedido de obtenção de passaporte sob nome falso que nunca foi encaminhado e uma seqüência final de recibos e contas de doutores e agências de enfermeiras, culminando com a impressionante conta, caríssima, de um agente funerário da moda. Sob tal estrutura, é possível impor as ficções consoladoras de nossa própria realização e desenvolvimento. De um lado: ter feito tais coisas. De outro: ter pago o preço. E nossas vidas, em contraste, como são tediosas, como são sem risco e tão, tão preferíveis.

"Para responder a sua pergunta, então, fui criado por tutores, processo que não difere muito de ter sido educado por mim mesmo. Meu irmão freqüentou boas escolas, uma série delas, suponho que mausoléus educacionais de prestígio declinante, que dizia responsáveis por sua absoluta falta de interesse por cultura em geral, bem como pela atitude meio chata que adotou de não pertencer a uma classe social determinada — 'Todos os artistas pertencem às classes trabalhadoras', esse tipo de bobagem. Você se dará conta de que eu não sou dado a esse tipo de afetação. Meu pai acabou desistindo de educar Bartholomew — ou foi persuadido a desistir —, pois penso que meus dons evidentes e o sentido de promessa que, segundo me disseram, emanava de mim tranqüilizaram-no e lhe permitiram deixar rédea mais livre a meu irmão. Quem sabe o êxito de uma pessoa por família, em cada geração, não será suficiente? Mandaram meu irmão estudar na Slade, de onde conseguiu, como de hábito, ser expulso. Quanto a mim, só posso dizer que a mera enumeração de assuntos estudados, exames passados, tutores humilhados e textos da biblioteca Loeb lidos sem esforço seria pouco relevante. Os movimentos realmente importantes têm a ver com sentimentos relacionados a determinadas texturas, preferências contínuas por certas cores, atrações vagas por certos versos, por alguns edifícios. A sombra sob o beiral do outro lado da janela do quarto do quarto andar, conforme a alteram as estações do ano parisiense. Em termos de nossas vidas internas, nossas vidas reais, que efeito, afinal, tem o resultado da batalha de Waterloo em comparação à questão sobre se temperamos ou não nossas ostras com tabasco?"

A essa altura, já Hywl concluíra o que quer que fez na casa — sem dúvida não se desaproveitou da oportunidade de bisbilhotar minhas coisas com sua curiosidade galesa — e estava na piscina, nadando em meio a grunhidos, gemidos e esguichos de água verdadeiramente espantosos.

"Hugh foi do time de nadadores de Cambridge."

"É, imagino que sim."

Laura olhou para o novo marido, que agora, com uma espécie de empurrão retrocessor complicado, sob a superfície, deslocava volumes de água que até para ele eram prodigiosos. Não era difícil concluir que, quando terminasse, haveria menos líquido na piscina do que fora dela.

"Sabe por que seu irmão foi expulso da Slade? Desculpe, mas é que são tantas as histórias."

"Se você, por sua vez, *me* perdoar, não é sábio deixar o sol queimar tão diretamente a pele sobre os joelhos. É um ponto onde os ciclistas, em particular, sofrem as piores queimaduras. Se chegar um pouco mais à esquerda, para onde a sombra tão traiçoeiramente se deslocou — assim. Teve algo que ver com alguma brincadeira que não deu certo. Ou foi uma coisa relacionada à retirada de chumbo dos rufos dos tetos da igreja, para depois derretê-lo. Ou então talvez o tenham posto para fora porque não era bom. Acho que os detalhes são meio difusos. Na época, eu lia um bocado de Valéry e tinha sonhos que pareciam mas reais do que o estado de vigília: certas passagens de Rilke e Proust, certos poemas de Leopardi e axiomas de Lichtenberg, um pacotinho de castanhas assadas, que comi fora do Teatro Dominium, perto de Totthenham Court Road, dois dias antes do solstício do inverno — lembro-me dessas coisas. Só o que lembro daquele período da vida de meu irmão é de uma caminhada, numa tarde de verão, com o som de sinos vindos da outra margem do Tâmisa, para o lado de Lambeth, abafado pelo som do motor de um rebocador."

Laura suspirou, o que indicava dificuldade e colaboração. Verdi poderia ter feito um ruído semelhante, com relação a Boito.

"Seu pai teve altos e baixos nos negócios. Isso os afetou quando vocês eram crianças? Vocês sabiam?"

"Nada que nos faça lembrar nossa transitoriedade e impermanência é totalmente ruim. Somos todos itinerantes sobre a terra, todos, no fundo, sem domicílio."

"Quais os primeiros sinais de interesse artístico que seu irmão demonstrou? Lembra-se?"

"Dizem que existem momentos específicos de que todas as pessoas de determinada geração se lembram — guerras, triunfos nos esportes, assassinatos impopulares, aterrissagens na Lua. Ao mesmo tempo, há momentos que se supõe sejam comemorados na vida de cada indivíduo — primeiros encontros sexuais, acidentes de automóvel, lutos; para algumas pessoas de determinada geração e especificamente de uma, a primeira vez que viram uma televisão em cores. Essa colonização brutal da vida interior não me interessa, nem, acredito, interessa à maioria dos artistas verdadeiros. Interesso-me mais pelas coisas de que não me lembro, pelas ausências, elipses, vacuidades, negatividades, vácuos, aporias, nada. Tive consciência de minha vocação artística num desses momentos, quando apanhei um modelo de *papier-mâché* que meu irmão fez de um elefante, com o tronco ereto e o cornaca a conduzi-lo muito pouco convincente e tudo o mais, e passei por cima dele com meu triciclo várias vezes."

"Quando foi isso?"

"Não tenho certeza. Não lembro precisamente. Era mais ou menos um quarto para as quatro, penso. Com toda a certeza, antes da hora do chá. Pois foi então que descobriram meu ato. Estou desentendendo a sua pergunta de propósito, para provar uma coisa."

"Que aconteceu?"

"Críticas contraditórias. O que era de esperar. Raiva e dor. Uma passagem temporária pelo calabouço. Mas os artistas não podem contar com infância fácil. Posso renovar seu copo de chá gelado? Não? Tínhamos uma babá que era boazinha comigo mas que teve de ser despedida e, depois, as coisas serenaram, relativamente."

"Que atitude tinham seus pais com relação aos primórdios artísticos de seu irmão?"

"Deus do céu. Qualquer um acharia que você está escrevendo a biografia de meu irmão. Ha ha. Minha mãe e meu pai eram relativamente abstrusos com relação a essas coisas, mas acho que, como todo mundo, encaravam os troços de meu irmão como uma piada. Minha mãe, que era meio bailarina, entendia a personalidade artística e via, é claro, que eu me aproximava muito mais do modelo. Respeitava profundamente minha introspecção embora, naturalmente, procurasse não o demonstrar e fingia que gostava das coisas de Bartholomew. Sabia ser sutil e considerada, minha mãe, nessas coisas. Meu pai dizia, apenas, 'Muito bem, meninos' quando um de nós engendrava alguma coisa."

"Você seria capaz de descrever outras influências culturais na sua infância? Viver no exterior teve algum impacto?"

"Os místicos judeus acreditam que Deus criou os seres humanos porque adora ouvir histórias. Sabia? As palavras que utilizamos para descrever a vida interior são tão grosseiras, não são? Impacto, influência, desenvolvimento. É como se a alma fosse uma pequena província contenciosa e combativa nos Bálcãs, espremida entre duas potências maiores. Paris é uma determinada textura de luz, registrada em certas pinturas por Gustave Caillebotte. Estocolmo é a visão de um campo de neve virgem, intocado por pisadas humanas. Dublin tem cheiro de malte, de remorso, um vislumbre de serragem úmida."

"A despeito da reserva com que vê as influências, houve algum preceptor de que se lembre em particular? Em outras palavras, na qualidade de biógrafa, há algo que deva saber acerca das influências formativas que seu irmão sofreu e que de outra forma ignorarei?"

"Imagino que esteja inquirindo, de forma indireta, tão polidamente, de onde veio meu francês impecável. Havia um jovem francês chamado Etienne, muito perspicaz, que nos visitou nas férias durante alguns anos, em especial em Londres e Norfolk. Detectou rapidamente meus traços de genialidade e me encorajou muito na minha sutileza, na minha *egoidade.* Quanto a Bartholomew, procurava encorajá-lo mediante uma espécie de generosidade histérica que não convencia ninguém — 'Este menino vai ser o maior escultor depois de Michelangelo', coisas do tipo."

"Sabe onde eu poderia encontrar Etienne agora?", perguntou Laura, com, pela primeira vez na conversa, um toque de celeridade. A veia pulsou em seu lindo pescoço.

"É tão bom poder dar resposta imediata. Está no cemitério Père Lachaise, num daqueles mausoléus de família horrorosos, do fim do século XIX. A família dele era muito, muito mais elegante do que pensávamos. Os franceses, embora em geral tagarelas, conservam, como povo, muitas reticências — mas suponho que você saiba. Não me lembro do nome de família, mas penso que poderia localizá-lo em alguma parte: Gagnaire, talvez, acho."

"Que aconteceu?"

"Picada de abelha. O pobre Etienne tinha uma alergia, muito antes de ser moda. E o rapaz, coitado, estava sem antídoto. Ou melhor, chegou a injetar-se, porque encontraram o orifício da agulha, mas não havia uma gota de antídoto no corpo dele. Como se a seringa fosse esvaziada e tivessem posto outra coisa nela — água ou uma solução salina. Sempre a levava consigo para toda parte. Não estávamos com ele, quando morreu. Tinha ido passar o dia em Kew. Demorou meia hora, aparentemente. Para morrer, isto é, não para chegar a Kew. Etienne costumava dizer que era absurdo ter que considerar uma abelha — algo chamado *bumble bee* em inglês e você pode imaginar a que isso soava no sotaque dele — potencialmente fatal."

"Vocês eram ligados a alguns dos criados?"

Quando disse essas palavras, vi, de repente, o rosto de Mitthaug, caído nos trilhos à frente do trem que se aproximava. Fitou-me com expressão de surpresa pura, que em outro contexto teria sido cômica.

"Não particularmente. Havia a criada irlandesa que mencionei e um norueguês interessado por picles que morreu debaixo de um metrô da District Line. Ele ensinou meu irmão a fazer esculturas de *papier-mâché*, creio que principalmente para mantê-lo ocupado, de forma que pudesse me dedicar mais tempo. Costumava fazer *gravlax*, o prato de salmão marinado cuja origem os países escandinavos disputam entre si. *Grav* quer dizer enterrado; aliás, relaciona-se etimologicamente à palavra inglesa para túmulo, *grave*. A técnica de marinar o peixe no sal, açúcar e *dill* pode ser adaptada; *gravad makrel* é uma variante especialmente interessante, mas é importante que seja fresco, uma vez que o nível muito alto de óleo o faz deteriorar-se rapidamente e de forma pungente. Essa é uma das razões pelas quais era a única coisa que podia ser legalmente vendida como alimento dentro da cidade de Londres aos domingos.

Posso fornecer uma receita. Combina bem com molho de groselha."

"Seu irmão veio aqui alguma vez? Não morava longe, não é verdade, morava em Arles? Você o visitou lá? Quando você comprou este lugar?"

Era hora de consultar o relógio. Via do canto do olho Hywl a instalar-se na cadeira desdobrada de lona, bojuda sob seu volume, dedicando-se, felizmente em silêncio, à tarefa de adquirir um câncer de pele.

"Vou ter que começar a preparar o almoço — cortar verduras e tal. Podemos conversar enquanto providencio. Se é que isso não parece muito doméstico para uma jovem empreendedora como você."

Laura fez uma careta para indicar assentimento. Balzac, o maior e mais sereno dos gatos de St. Eustache, passou por nós a caminho da cozinha. O dia se desdobrava à nossa frente.

UM CHURRASCO

O incêndio culposo é talvez o mais literal dos crimes violentos. Ao passar diante de uma grande obra-prima pública da arquitetura, ou ao vislumbrar, pela janela do primeiro andar, o interior doméstico ordenado com requinte, a partitura aberta em cima do piano, as estantes altas e a lareira convidativa, quem não sentiu o impulso pouco sofisticado de botar fogo naquilo tudo? Dentre as traquinagens divertidas e instrutivas do imperador Nero — o quarto desmontável com que procurou soterrar a mãe, o fato de obrigar a população a ouvir seu canto execrável —, o incêndio de Roma é a que apresenta qualidade satisfatória de ato arquetípico. Quantos grandes incêndios da história, o de Londres em 1666, o de Chicago em 1871, não terão sido causados não pelo desinteressante acaso da panela derramada ou da chaleira esquecida, mas pelo genuíno transbordamento de euforia animal que se expressa no ato incendiário?

É esse o impulso fundamental que explica o sucesso do churrasco. A etimologia de *barbacue*, churrasco, *vaut le détour*. É derivada de *barbacado*, palavra haitiana que significa uma espécie de cremalheira utilizada para alçar objetos, como por exemplo camas, do chão. Podemos imaginar a utilização de tal instrumento na tortura e no canibalismo. Maïs, a deusa da vida no Haiti, de cujo nome deriva a designação *maize*, parece ter sido a única outra palavra que se transportou de uma língua à outra, mudando a forma ao tempo em que manteve a identidade essencial, como um Deus grego se fantasia com o propósito de seduzir ou punir. Não, o ato incendiário constitui imperativo humano profundo que continua a ser celebrado no potente ritual suburbano, com quadradinhos de carvão vegetal e líquido combustível. Trata-se de vínculo direto com o passado ancestral do ser humano, com o ato mágico da pintura, seguido pela caça, seguidos pela fogueira aberta e pela festa tribal em que se come a carne do mamute recém-abatido. Tal como a composição da lista de compras, a expedição ao mercado, o churrasco em si é o feito masculino de despedaçar a carne ou, como se diz, de "cortá-la".

Gosto de fazer meus churrascos num sítio fixo, de preferência construído de tijolo, com condutos ajustáveis para ventilação; fiz uma armação dessas em St. Eustache com minhas belas mãos. Fica do lado da cozinha, oposto ao pátio e à *piscine* (voltada para os olivais e a aldeia montanhosa de Gordes). A área do pátio dá para um panorama mais amplo de vinhedos e contrafortes que se erguem gradualmente na direção do Lubéron.

Naquela noite, depois de uma longa jornada de entrevistas, preparei o churrasco. Diante do olhar admirativo de Laura, espalhei o carvão (atividade secundária muito lucrativa do *garagiste* local) e astuciosamente apliquei-lhe o acendedor, semelhante em desenho mas psicologicamente muito diverso daqueles de imersão utilizados para aquecer xícaras individuais de água em trágicos quartos solitários.

"Não suporto o cheiro químico liberado por esses horríveis quadradinhos de carvão", disse, energicamente.

"Em Londres não conseguimos fazer churrasco, em parte por não gostarmos da trabalheira, e também porque existe o problema da poluição e das pombas e o *ghetto blaster* do vizinho — não vale a pena. E, depois, nunca se pode contar com o bom tempo, o que também ocorre na casa de meus pais em Derby. Eles têm uma churrasqueira que nunca usam. Além do mais, Hugh diz que fazer churrascos provoca nele aflição de desempenho."

"Alguns de nós não sofremos essas angústias", adiantei suavemente. "Isto levará cerca de sete minutos e meio para começar e mais uns quarenta para poder cozinhar. *Apéritif*? Ou continuamos com essa lisonjeadora inquisição?"

"Há uma coisa que lhe queria perguntar, antes de encerrarmos hoje. Por que está falando comigo agora? Já pedi que o fizesse várias vezes, vi-o três vezes, em que poderia ter concordado em falar, qualquer uma delas, portanto, por que o faz agora? Se não se importa que pergunte."

"Falamos tão facilmente de motivações, não é? Preferiria não dizer mais nada a respeito. Que teria acontecido se você tivesse perguntado a Nero ou a Calígula ou a Tibério quais as suas razões? Circulamos em volta de nós mesmos como os planetas em redor do sol."

Uma pausa. Minha querida tem o que os jogadores de pôquer chamam de "uma roubada" — a indicação física que trai o esforço psíquico equivalente, envolvido na expressão de uma mentira. Comovedoramente, o fenômeno assume nela sua forma mais banal e comum: olha para o chão. Tal é a perversidade do amor que isso me pareceu muito mais fascinante e exótico do que se tivesse se traído mediante um trejeito vulcânico ou um espasmo ruidoso com o ombro.

"Está bem. Voltemos à pergunta sobre por que veio morar aqui."

"Os princípios do churrasco não são complicados", expliquei. "A arte é antiga: de fato, há um churrasco na *Ilíada*, quando os troianos matam um carneiro que se diz ser de 'alvura argêntea'. Corta-se a carne em pedacinhos menores; ela é colocada nos espetos e retirada do fogo quando bem assada — processo que se reconhece imediatamente como sendo o do *shish kebab*, a mais orgulhosa das contribuições turcas à cozinha acelerada do Ocidente.

Observo de passagem que a Tróia histórica se situa na atual Turquia, um país agradável de visitar se o poder de compra de seu marido não for o que espera. As brasas são arrumadas em pirâmide suficientemente alta para que forneçam, quando espalhadas, um leito de cinco centímetros de espessura; isso se faz quando as brasas ficam cobertas de cinzas. Mais ou menos em quarenta minutos. Nada é mais fácil. Ao mesmo tempo, é preciso ter em mente e respeitar as diferentes naturezas dos ingredientes: o peixe requer tratamento mais delicado (unta-se, usa-se até mesmo calor indireto) do que a carne. Os filés exigem espessura ideal para que mantenham os sucos sem que se calcine o exterior — na prática, entre dois e meio e sete e meio centímetros. Galinha achatada (*en crapaudine,* aberta como uma rã), carneiro em borboleta, *kebabs* de legumes, *brochettes,* lobo-marinho. Meu irmão dizia que a cozinha ensinava a respeitar os diferentes materiais, lição crucial a reter quando se trabalha com a pedra. Acrescento que o outono ou a parte final do verão, como agora, é a melhor época do ano para fazer churrasco. A experiência — o fogo crepitante, a fumaça dançante, as estrelas mesmas — tem um ar elegíaco, do verão que se despede para juntar-se à procissão de outros verões no caminho de volta à vida urbana, à realidade, casa, casamento. Vim aqui pela primeira vez quando visitei meu irmão, gostei, e comprei uma casa na região quando meus pais morreram."

Com um gesto habilidoso, retirei o acendedor de sob a pilha de carvões incandescentes.

"Seria por demais aborrecido dar uma volta até a piscina para recolher o maridinho? Está na hora de tomar um *sundowner.* Podemos continuar a falar, tenho certeza de que não se importará."

"Está bem."

Percebi um pequeno toque de irritação ante a maneira tranqüila com que dominei a situação? Não importa. Era a hora do champanhe. Enquanto manobrava com perícia a rolha (não revelarei a *marque* exata, pois não queremos uma corrida aos estoques e o aumento de preço, não é verdade?), Hywl chegou bem molhado das vizinhanças da piscina, com uma toalha em volta do pescoço, os cabelos molhados das pernas a constituírem por si mesmos uma característica sexual secundária.

"Irei lá em cima me secar", disse, molhado em ambos os sentidos.

"Ótimo."

Ela voltou da piscina trazendo os óculos de pessoa burra do esposo desmemoriado. Dei-lhe uma taça de champanhe com intimidade silenciosa. A churrasqueira começava a desprender uma fumaceira gostosamente ardida.

"Sabe? Sou na verdade um homem muito malvado."

"Como?"

"Tenho uma lareira de verdade no apartamento de Londres. Apesar de minha admiração pelo Clean Air Act de 1956, uma lei excepcionalmente bem-sucedida mas que proíbe o fogo de carvão na calefação doméstica da capital, acho que a vida civilizada na Grã-Bretanha se torna impossível nos meses de inverno sem que se passe uma quantidade significativa de noites na companhia da lenha crepitante. Existem leis, por mais reconhecidamente excelentes quanto ao funcionamento social, que não se pode levar a sério quando aplicadas a nós mesmos, não acha?"

"Penso isso muitas vezes no que se relaciona aos limites de velocidade."

"Quem foi que disse que a coisa mais importante da vida intelectual francesa é a máxima: *priorité à la gauche*? Talvez tenha sido eu. Azeitona recheada?"

"Ah — está bem assim, obrigada."

"Você indagou sobre a minha mudança para este lugar. Ambos sabemos que se tratou de uma maneira diplomática de perguntar pela morte de meus pais. Freud diz, não sei onde, que é humanamente impossível chegar a termos com a medida completa de acaso, sorte e acidente que a vida envolve. Esse pensamento me reconfortava quando era jovem, mas acho que o grande homem subestimou o papel da maldade nos assuntos humanos. Não, comprei esta propriedade há quinze anos, na esteira da morte de nossos pais. Fui o único herdeiro, o que me dá razões para crer ter sido o filho favorito, não obstante todo o estardalhaço que faziam em torno de meu irmão, o qual, àquela altura, já ganhava muito bem com suas massas informes e manchas e nem necessitaria do dinheiro. Gastei-o em parte na reparação da casa de Norfolk, muito danificada com o incidente original, é claro, e o resto na compra desta propriedade, de um belga que se havia aposentado para morar aqui mas voltava ao país natal, movido, segundo a aldeia, pelo desejo de punir a mulher, que tinha se tornado alérgica ao azeite de oliveira. Sobrou o necessário para construir a piscina. Apliquei o resto criteriosamente, o que me fornece os meios modestos de viver meus dias e atender às necessidades.

"O acidente em que meus pais pereceram, talvez não seja este o verbo exato, ocorreu na casa de campo, aquela que você uma vez tão deliciosamente — para mim, pelo menos — visitou. Meus pais estavam fora, havia uma semana, ele a trabalho, ela como maneira de satisfazer o desejo de viajar. John Donne escreveu que o desejo de conhecer é a paixão mais ingovernável. Como nunca se encontrou com minha mãe, não veio a saber que a simples inquietação se compara a essa paixão. Mas. Em sua ausência, 'inexplicavelmente', como disse o juiz no inquérito, haviam deixado todos os bicos de gás abertos na cozinha, o que não teria sido perigoso em si mesmo se não coincidisse com um vazamento grande e real do *boiler* a gás, situado na alcova embaixo das escadas que agora uso como uma adega decididamente modesta. Talvez você se lembre do Château La Lagune de 1970, com gosto de chocolate, que apanhei na adega por ocasião de sua visita. Meu pai havia mencionado um vazamento de gás e eu, conforme disse no inquérito — confesso que houve uma espécie de *break down*, mas o juiz foi tão gentil e você sabe como podem ser ferozes —, havia chamado o bombeiro — o senhor Perks, que também depôs no inquérito —, o qual tinha ficado de vir na semana subseqüente, a semana após o retorno de meus pais, sem entender a urgência da situação, e eu mesmo tinha sido obrigado a voltar à capital por causa de compromissos urgentes. Eu tinha chave e acesso livre à casa, mas parti um dia antes de mamãe e papai. Certamente poderia ter voltado a qualquer momento e padecido o mesmo destino. 'Você, de certa forma, é um homem de muita sorte', disse o juiz. Temo ter havido outro *break down* nesse momento também. De toda forma meu pai chegou, e, como último componente dessa série múltipla de infortúnios, cada um deles necessário mas não suficiente para gerar a catástrofe final, entrou no corredor, onde a primeira lâmpada aparentemente não se acendeu e depois, com minha mãe a lhe seguir, como era seu hábito, imediatamente atrás, voltou-se para acender a luz perto do *boiler*, bem ao lado da concentração máxima de gás. Tragicamente, o interruptor deixou escapar uma faísca, pois não estava funcionando bem e assim, para não usar eufemismos: cabum.

"Sinto muito."

"Sim, penso que posso, honestamente, qualificar-me de órfão da tempestade. Bartholomew também ficou perturbado, embora, como se sabe, sempre tenha sido muito robusto. Ajudou muito na reconstrução do chalé, com conselhos sobre material barato e tudo o mais. Foi uma boa desculpa para nos livrar do telhado de palha, que, como sabem os residentes da região de Norfolk, encarece proibitivamente o seguro. Ah, o noivo feliz surge de seu quarto."

O vagaroso Hywl tinha com efeito descido as escadas a galope durante as três ou quatro últimas frases. Com gestos exagerados, servi-lhe uma taça de champanhe e lhe indiquei uma das cadeiras de palha (que moram fora quando faz bom tempo).

"Este é um grande lugar. Há quanto tempo você possui esta casa?", perguntou o sutil Hywl. Laura e eu nos entreolhamos e reprimimos simultaneamente um sorriso compartilhado.

"A morte de meus pais não é assunto de que goste de falar cotidianamente, muito menos bicotidianamente, se isto quer dizer duas vezes ao dia. Nunca soube se bimensal ou bienal quer dizer a cada dois meses ou duas vezes por mês, ou ano, e vocês? Laura, mais?"

"Tenho certeza de que Hugh não o quis magoar, senhor Winot."

"Não, eu —"

"Não me lembro se lhe falei de um de meus projetos abandonados, Laura. Isso aconteceu antes de me ter dado conta, conforme discutimos em Norfolk, de que o trabalho incompleto é muito superior ao completado — porque, meu caro, mais sugestivo, mais evocativo, mais autenticamente ressonante da textura da experiência neste século —, daí chegando à conclusão de que o trabalho não completo ou de preferência não começado é devidamente superior, por sua vez. 'Sou de novo gerado/ da ausência, da obscuridade, da morte/ das coisas que não são.' John Donne, que, escusado dizer, não seguiu sua inspiração, o que ocorre com muitos artistas. Tinha em mente o projeto de romance que começaria da maneira habitual, isto é, com a definição de sempre de cenário e a tediosa descrição de personagens, só que, pouco a pouco, as personalidades dos personagens começariam a se diluir e fusionar, tal como ocorreria com o entorno geográfico. O tipo que começou como mordomo íntegro, afligido por terrores noturnos secretos, se metamorfosearia no primogênito do dono da mansão, de costeletas, que se orgulharia de sua coleção de camisas havaianas, e se jactaria de ter uma vez jogado um Jaguar na piscina, o que levou o pai a comentar, quando ouviu a novidade: 'E o pobre animal, morreu afogado?'. A descrição típica da festa da aldeia, cena anual de rivalidades em torno de vestidos, couves gigantes e atenções do vigário, vai tomando as características da celebração finlandesa do dia mais longo do ano, em que as crianças podem ficar acordadas o tempo todo e as corujas confusas voam no crepúsculo infindável, para depois se tornar uma festa de rua espontânea em uma cidade inglesa à beira-mar, onde a queda sem precedentes de neve que se acumula transforma a cena em um quadro holandês, no qual os cidadãos se acotovelam entre palmeiras e carros soterrados sob a neve nas ruas subitamente sem tráfego e civilizadas. A natureza das caracterizações também se alteraria. O doutor da aldeia, um homem cansado, honrado, perde a certeza das promessas de sua profissão ou daquilo que sempre temeu verificar que a fundamentava — a saber, seu sentido de vocação: uma figura retratada completamente, internamente, de forma aguda e com profundidade, subitamente mudaria, se tornaria rígida e caricatural, um tipo tornado familiar e conhecido pelos milhares de descrições da 'menopausa masculina' e da angústia profissional que atinge as pessoas no meio da carreira; e ao mesmo tempo suas respostas ficariam mais grosseiras, mais e mais blefantes, a conversa dele cada vez mais discurso de animador, frases breves e de sentido único, enquanto sua clientela se transferiria de Suffolk para os bairros mais pobres de Cardiff. Ao mesmo tempo, o leiteiro da aldeia, namorador convencional dos mais familiares, aos poucos, depois de ter lido por acaso um artigo numa revista pornográfica, desenvolveria interesse pelas técnicas sexuais tântricas e, daí, adesão profunda a todos os aspectos da sabedoria oriental, tornando-se estudante de budismo fascinado pelas práticas mágicas tibetanas, enquanto sua leiteria fica famosa nos meios industriais. E assim por diante. Somente o estilo do livro manteria a uniformidade, dinâmico, energético, estável sob o caos e a mutabilidade infinita de tudo o mais na narrativa — mas já não ficaria claro se o livro era uma narrativa, uma vez que os mecanismos essenciais de propulsão, surpresa e desenvolvimento pareceriam esquecidos. Um efeito inicialmente leve, incongruente e cômico, buscado com habilidade, cresceria em intensidade; passo a passo, com o colapso da estabilidade do enredo e dos personagens, com o desaparecimento das certezas, o trabalho ficaria mais perturbador, as propensões ocultas de emoção e ansiedade mais presentes e menos claras, até que o leitor apavorado, sem poder compreender o que estava ocorrendo quer consigo mesmo, quer com a história e também incapaz de parar de ler, presenciasse a metástase de todos os personagens uns nos outros, o afundamento das próprias idéias de enredo, estrutura, movimento, ser, de modo que, quando finalmente pusesse o livro de lado, tivesse apenas consciência de ter sido protagonista de um sonho profundo e violento cujo único propósito era o de provocar-lhe incurável mal-estar."

Houve um silêncio na conversação, sublinhado pela renascida consciência do canto das cigarras. Só nos iluminavam o fogo e a luz das estrelas. O sobrinho do *garagiste*, em férias anuais, trafegava com sua motocicleta notoriamente sem silenciador pela estrada entre Gordes e Cavaillon. Uma gota do líquido de untar caiu do lobo-marinho sobre os carvões brancos. Pude ouvir o som quase subliminal das borbulhas em nossas taças de champanhe.

"Ora", disse eu, "está muito agradável."

UMA OMELETE

Gosto muito das horas matinais na Provença. Nunca deixam de rejubilar o espírito a sensação do ar ligeiramente *mouvementé* preliminar a uma brisa franca e a visão do orvalho nas plantas perto da cozinha, do pátio e da piscina, como o céu cristalino e cerúleo que tantas vezes acompanha o amanhecer.

Aquela manhã, desci as escadas numa hora impressionante: cinco para as seis. Havia uma espécie de frescor ambiente na cozinha (cujo piso era de pedra, talvez tenha esquecido de dizer, e desafiadoramente frio para os pés o ano inteiro). Pus a chaleira no fogo e folheei minha reedição de capa mole, muito manchada, do livro de Reboul *La cuisinière provençale* (1895). Quando a chaleira ferveu e foi delicadamente retirada do fogo antes de começar a apitar, fiz uma quantidade de chá, Twinings English Breakfast, que passei para a garrafa térmica. Depois me encaminhei à porta, tendo parado apenas para pôr no bolso uma banana e uma laranja; todas essas preparações apresentavam a previsibilidade de um ritual, porque as repito todas as manhãs, no fim do verão e no outono, nas quais decido catar cogumelos.

O carro — meu carro desta vez, um Volkswagen econômico, residente o ano inteiro em St. Eustache, e não os automóveis de aluguel mencionados até aqui, o último dos quais devolvi à locadora em Avignon — havia estado estacionado cerca de cem metros adiante do dormitório do casal em lua-de-mel, a uma distância em que não seria ouvido. Pegou logo. Segui, sacolejando, pelo caminho de terra até a estrada principal, na direção dos morros do Lubéron. A meu lado estava a cesta de vime, minha lente de aumento sherloquiana (quase nunca utilizada ou necessária) e minha cópia de *Champignons de nos pays*, de Henri Romagnesi (da mesma forma, tenho os seis volumes de *Champignons du Nord et du Midi*, de André Marchand, em casa).

No que relatarei a seguir, o leitor atento perceberá minha ligeira reticência quanto às especificidades geográficas. Perdoe-me; mas os micólogos amadores, especialmente os micólogos amadores de tendência gastronômica, preservamos zelosamente nosso território — uma mancha promissora de faias propiciadoras de *cèpes* aqui, uma beira de estrada cheia de *ink caps* (*trompettes-de-la-mort*) ali; mais adiante, um tufo de urtigas conhecidas como portadoras potenciais de exemplos espetaculares de *Langermannia gigantea* e, em outro lugar, um prado com quantidade saudável de excremento de vaca, conducente à fecundação do alucinógeno de sabor desagradável mas atualmente popular chamado *Psilocybe semilanceata*, conhecido na Inglaterra como Liberty Cap. (Aliás, este não é, como às vezes se pensa, a *Amanita muscaria*, o alucinógeno que os xamãs notórios da tribo Koryk, na Sibéria, ingeriam pela via da urina do veado, ou, mesmo, humana, e que em geral aparece nas ilustrações como um cogumelo vermelho com pontos brancos, que fornece assento conveniente para fadas e elfos. Os xamãs dão-lhe o nome de *wapag*, um grupo de seres mágicos habitantes dos fungos, cuja missão é a de transmitir segredos do reino dos espíritos.) Os caçadores de cogumelos somos uma raça secreta e desconfiada, de forma que, pela força do hábito, limito o relato do sítio de minhas pesquisas às palavras: uma porção de terreno em algum lugar do Sul da França. Como a demonstrar a necessidade de cautela, o primeiro carro que encontrei pertencia ao sr. Robert, o professor local e conhecido entusiasta dos cogumelos, cuja paixão especial, confiou-me certa vez, quando nos encontramos na barraca de madame Cottison no mercado de Cavaillon, era a *cèpe*. O *deux chevaux* dele, de forma interessante e provocadora, ia na direção oposta. Quando nos cruzamos, erguemos a mão em sinal cuidadoso e fraterno de saudação.

É incrível como são diferentes essas excursões na Provença e em Norfolk. Um pouco por conta das diferentes vestimentas. As roupas de muitas camadas e os chapéus de lã do meu eu da Anglia oriental em nada se assemelham ao meu *alter ego* meridional de camisa de linho. Na Inglaterra, sou um sujeito esdrúxulo, a participar de um ato voluntário de perigo; na França, sou o *homme moyen sensuel*, que utiliza racionalmente os recursos da terra e maximiza o seu prazer, ao mesmo tempo em que economiza alguns francos. O ar provençal (quando não sopra o mistral, é óbvio, pois esse fenômeno, quando ocorre, impossibilita a prática e até mesmo a idéia da micologia) é impregnado do cheiro de ervas selvagens, da *garrigue*; em Norfolk, certos dias, antes de entrar no silêncio profundo dos bosques ingleses, sinto que capto um longínquo odor de maresia. Procure imaginar aqui, por favor, uma passagem evocadora das experiências comparadas dos caçadores de cogumelos em toda a Europa, com muitas metáforas novas e fatos interessantes.

Estacionei o automóvel na área de pausa e piquenique cerca de dez quilômetros distante da minha casa (um lugar elevado, mas não muito acidentado). Peguei a cesta e uma faca e deixei para trás o resto do equipamento, já que se tratava de pesquisa específica e não de expedição exploratória de caráter geral, mais parecida com a viagem do capitão Bligh do que com a do capitão Cook. Parti corajosamente em direção ao topo do morro, com a respiração, àquela hora, ainda sem provocar vapor, como o faria nas próximas semanas (ou como possivelmente aconteceria se estivesse iniciando expedição idêntica em Norfolk). O caminho quase invisível e tortuoso ascendia, acompanhando um bosque de coníferas na direção do arvoredo de carvalhos e faias que não se via da estrada. Mais adiantado o ano e essa localidade se faria popular entre caçadores, especialmente para o massacre daquelas aves canoras que são tão pouco carnosas na hora de comer. Era, pelo momento, o único proprietário daquele cenário. Via, a distância, a cidade de — .

A caminhada levou cerca de vinte minutos. Procurar cogumelos é uma atividade contemplativa: de um lado, representa o ar puro, a promessa da manhã, a caminhada, as voltas súbitas e as depressões; do outro, a atividade intelectual de identificação e aquilo que os estrategistas militares — com um desses eufemismos que parecem mais sanguinários do que os termos que substituem — chamam de "aquisição de alvo". Tolstoi, em *Ana Karenina*, descreve a atmosfera com falsa jocosidade: na verdade envolve ansiosa concentração no seu próprio desempenho, determinação de trazer de volta o cogumelo, uma silenciosa flutuação de tédio e angústia, familiar aos caçadores e aos psicanalistas. Olhar tanto para o chão pode induzir à vertigem quando a gente olha para o alto e se dá conta de onde está. Engraçado, na ocasião dei com um robusto tufo de *cèpes* embaixo das duas primeiras árvores que examinei — monsieur Robert se sentiria feliz se tivesse encontrado algo remotamente comparável. Senti um dos prazeres do micólogo, um orgulho silencioso, breve e embevecido. Em outro dia, fosse outra a missão, estaria feliz por ter concluído minha busca tão rapidamente (poderia até ter compartido a colheita com Pierre e Jean-Luc). Mas não dessa vez. Segui caminho. À frente, encontrei um grupo de *Entoloma sinuatum*, o cogumelo tóxico que lembra o *champignon* comum, conhecido como Le Grand Empoisonneur de la Côte d'Or, um fungo que se vê pouco na Grã-Bretanha. Segui adiante outra vez.

Achei o que buscava exatamente onde pensava que o acharia.

"Ai, dorminhocos", disse ao casal que entrava na cozinha com ar sonolento e acanhado. "Que hora é essa?"

Barulhos de canos e estalos já me haviam alertado para a eventualidade esperada do *Despertar de Hywl.* A chaleira ferveu quando falei. Teria sido minha imaginação ou ele conseguiu engordar durante a noite? Laura estava de camiseta branca e calças de xadrez preto e branco, com chinelas marrons, o conjunto a sugerir nela um traço obscuramente levantino.

"Dez e dezessete minutos", ela contra-atacou com firmeza. "E a culpa é sua, que nos deu tantas coisas boas de comer e beber ontem à noite, assim que não tente. Isto é café feito agora? Sim? Deus, penso que morri e fui para o céu."

"Sou homem de tomar chá, de manhã cedo. O café tem efeito muito pronunciado nos meus nervos quando o tomo de estômago vazio. Balzac, como você sabe, acabou com a saúde bebendo quarenta ou cinqüenta xícaras diárias de, no caso dele, um verdadeiro veneno de café, fortíssimo. Você contestará que Hazlitt arruinou o estômago com o excesso de chá verde chinês. Não tenho resposta. James Joyce exacerbou a úlcera estomacal tomando um vinho branco suíço que, sem que soubesse, continha traços significativos de enxofre."

"As camas estavam muito confortáveis", disse Hywl, que não tinha vocação literária. Sorri paternalisticamente e pressionei o êmbolo da *cafetière.*

"Sentem-se aí e fiquem à vontade. Estive fazendo coisas nesse meio tempo e colhi uns cogumelos selvagens que pensei transformar numa linda omelete para vocês dois. Depois Laura e eu podemos conversar, porque estou certo de que ainda há uma ou outra coisa que gostaria de saber e depois vocês podem partir — para Arles, não é?"

"Bem, como sabe, há muita coisa de seu irmão lá, na casa velha, inclusive uma série de esboços guardados nas caixas-fortes que tenho permissão de ver, mas sinto haver um problema mais imediato que é o de não podermos aceitar a sua omelete porque Hugh não come ovos."

Deixei escapar um grunhido de desapontamento.

"Mas isso é impossível. Todo mundo come ovos. Você não pode só... são inofensivos. A cozinha clássica francesa seria impossível sem ovos. Todo bom europeu os come. Sabemos tão pouco acerca do colesterol, tão pouco. A chamada ciência dietética é baseada no exagero e nas conjeturas..."

"Nada a ver com dieta, sinto muito", disse Hywl, com o ar enfurecedor e complacente das pessoas que confessam suas alergias e fobias. "Fico com enxaqueca."

"Mas isso é tão ruim? Afinal, sabemos que a enxaqueca é primo próximo, parente jovem, da epilepsia, que desempenhou papel tão importante na vida artística e política do mundo desde o começo da história registrada — Júlio César, Dostoievski e outros. Hywl, querido, eu o invejo. Poder assumir voluntariamente essa provação, comer ovos em plena consciência do estado visionário em que se está entrando deliberadamente, experimentar por decisão própria o transe do xamã, a invasão da divindade, a captação do infinito, enveredar por uma aventura que... que tal cogumelos sobre torradas?"

"Ótimo."

"Mas, é claro, você é quem perde, *mon cher*, muito", continuei, recuperando o pé e manobrando para me afastar, como o motociclista de polícia depois de uma demonstração. Comecei a atarefar-me em torno do fogão. "A magia dualista da química do ovo sustenta grande parte da gastronomia européia. Conhecemos o ditado de Escoffier, segundo o qual '*Qu'est-ce c'est la cuisine classique de la France? C'est du beurre, du beurre, et encore du beurre*'. Poderíamos acrescentar: *et aussi des oeufs*. E há os ovos em si mesmos: *oeufs sur le plat*, *uova al burro*, ovos mexidos, fritos e as várias interpretações nacionais da omelete: *frittata, tortilla,* ambas a meu ver tendentes ao seco e borrachudo, bolo de ovo dinamarquês, *foo yong* de ovo, a clássica *pipérade* basca e, é claro, a omelete mesma, de que meu irmão tanto gostava — e que foi, de fato, o último prato que comemos juntos."

Laura: "Conte-me a respeito. Hugh não irá se importar".

Baixei ligeiramente o gás.

"O outono em Norfolk pode ter um ar de melancolia absoluta, de isolamento. A seiva do ano se encolhe, as folhas secam, o coração se deprime como um barômetro descendente. Etc. Coincidimos no chalé, o que raramente acontecia, durante um dia e uma noite. De manhã fiz o café, por acaso o mesmo que estamos comendo — e depois lavei a louça, o que não era um ponto forte de Bartholomew. Fui, em seguida, para Londres e depois vim para cá, no dia seguinte. Estava aqui quando morreu e, claro, como não tenho telefone, soube da notícia por um telegrama enviado pela penúltima mulher dele. Aí está — pus pouco sal de propósito, mas não me sentirei nem um pouco insultado se quiserem acrescentar um pouco, pois sou conhecido por não ser bom de sal, embora, é claro, quanto mais se transpira mais sal se necessita, como tenho certeza de que Hywl se terá dado conta. Mais um giro do moinho de pimenta para contrabalançar o amido da torrada para seu marido. Você notará, na parte central da omelete, que as gemas estão coaguladas mas ainda molhadas. O truque é não sobrecarregar a omelete com recheio. Limite-o a cerca de uma colher de sopa, mais ou menos. Existem analogias com outras formas de arte, se pudermos, pelo momento, contrabandear uma distinção entre conteúdo e forma aqui. Derreta a manteiga no fogo alto e espere que a espuma baixe; mantenha a frigideira quente e junte o recheio quando o centro estiver começando a coagular. Comam, comam.

"*Amanita phalloides* é, na linguagem técnica da micologia, uma espécie ocasional — nem comum, nem rara. De perto, tem cheiro de amoníaco, doce, ligeiramente pernicioso, mas dizem que agradável ao paladar, brando e com sabor a nozes, o gosto parecido com o do *Coprinus comatus*, mais do que com o da *chanterelle* (*Cantharellus cibarius*). O sabor é, para os estudantes dos fungos, notável, uma vez que a maioria esmagadora de cogumelos venenosos assinala a toxicidade com mau cheiro ou gosto desagradável. Portanto, o gosto agradável de *Amanita phalloides* é uma boa piada da natureza, uma vez que o cogumelo é de fato muito venenoso — o mais venenoso, com efeito, do mundo, o que o faz merecedor de seu nome comum, Chapéu da Morte. Prefiro, pessoalmente, como nome de cogumelo venenoso, o do parente próximo do *A. phalloides, Amanita virosa* ou Anjo Destruidor. *A. phalloides* mata mais europeus continentais do que ingleses. Os alemães apresentam os índices mais altos de mortalidade. Os patriotas britânicos gostarão de saber que um casal inglês foi o primeiro caso de tratamento bem-sucedido de envenenamento por Chapéu da Morte. Ingeriram *A. phalloides* em Guernesey, em 1973, mas foram salvos pela invenção, improvisada por um médico do famoso King's College Hospital de Londres, de uma técnica de filtragem do sangue. O tratamento tradicional francês, ou, antes, "tratamento", para envenenamento por Chapéu da Morte consiste em comer grandes quantidades de cérebros de coelho crus. A prática popular decorre do fato de que os coelhos são imunes ao veneno.

"*A. phalloides* gosta das florestas decíduas e, em especial, dos carvalhos. Não tem características distintivas muito memoráveis, mas, ao mesmo tempo, não é tão semelhante a outras variedades de cogumelos comestíveis, a ponto de ser confundida com elas e colhida em seu lugar. (A variedade mais próxima, *Amanita citrina*, ou Falso Chapéu da Morte, embora tecnicamente comestível, não tem muitos admiradores gastronômicos, por razões óbvias. No Japão, agem de outra maneira.) O chapéu, que tem de seis a doze centímetros de diâmetro, convexo e depois alargado, é de um tom não muito bonito de verde-oliva. O pedúnculo, branco, entre oito e quinze centímetros de altura, tem um anel em cima e quase sempre uma volva embaixo, em forma de saco. A estação desse fungo — e não há distinção científica entre fungo e cogumelo, uso a palavra apenas como exemplo do que Fowler sarcasticamente denomina 'variação elegante' — vai de julho a novembro. Na Inglaterra vai ficando mais raro, como tantas outras coisas, à medida que se caminha para o norte.

"O imperador Cláudio foi a mais famosa vítima do Chapéu da Morte. Sucumbiu ante o que pensava ser um guisado de *Amanita caesarea*, o cogumelo de César, membro particularmente gostoso de uma família excessivamente perigosa de *Amanitas* (outra brincadeira de parte da natureza; a beleza tímida numa família de truculentos). Mas a *Amanita caesarea* de Cláudio tinha sido reforçada, quase certamente por sua mulher, Agripina, com uma dose da prima letal — um membro de sua família o assassinava com o membro de uma família que ele pensava estar comendo. 'Caiu em estado de coma mas vomitou o conteúdo inteiro de seu estômago sobrecarregado e depois foi envenenado de novo', escreveu Suetônio, que demonstrou perdoável falta de familiaridade com os sintomas de envenenamento pelo Chapéu da Morte. Na realidade, o envenenamento por *A. phalloides* é quase sempre seguido de uma melhora e aparente recuperação — as vítimas recebem alta do hospital, recebem atestado de saúde e voltam para casa para morrer alguns dias mais tarde. A seqüência típica é de um período intenso de vômitos, diarréia e dores de barriga, acompanhados de outros sintomas, como a ansiedade pronunciada, suores e tremores, que começam entre seis e oito horas depois da ingestão dos fungos e duram até quarenta e oito horas. Quando esses sintomas se declaram, grande parte do dano já está feita. Há duas toxinas principais envolvidas: uma das peculiaridades do envenenamento por fungos, que levam à extrema dificuldade de diagnóstico médico (antes do estágio *post-mortem*, quando se torna muito mais direto), é que as toxinas combinam e recombinam com a química do corpo e apresentam problemas de identificação insolúveis. (No caso de *A. phalloides*, é claro, não há, de qualquer forma, antídoto.) Os dois compostos envolvidos são as amotoxinas e as falotoxinas, das quais as mais perigosas são as primeiras. As falotoxinas são em geral neutralizadas nos processos de cozimento ou digestão. O veneno principal é a alfa-amotoxina, que age sobre o RNA das células do fígado para bloquear a síntese das proteínas, provocando, dessa forma, a morte de todas as células hepáticas; a beta-amotoxina ataca então os túbulos dos rins, antes de ser reabsorvida pela corrente sangüínea (em vez de ser expelida pela urina, que é o que deveria ocorrer) para repetir o processo; em outras palavras, o corpo é forçado a colaborar com o processo de auto-envenenamento. Assim, os sintomas aparentes são o período de aguda indisposição estomacal, como mencionado acima, a recuperação aparente e depois o colapso e morte. A causa da morte sempre aparece na autópsia; afinal, não é qualquer toxina que causa uma catástrofe hepática tão inegavelmente completa. Um único cogumelo basta para matar um adulto saudável. Muito embora seja difícil calibrar os índices de mortalidade e não se disponha naturalmente de dados precisos acerca de dosagens, o grau de eficácia aproximativa do envenenamento por *A. phalloides* é confortavelmente superior a noventa por cento."

"Você voltou para o inquérito?", perguntou Laura.

"Foi o mesmo juiz que presidiu o de meus pais. Agradeceu-me por ter feito a viagem. Tomei o avião em Marselha, que não é meu aeroporto de predileção, para dizer a verdade. Parecia que Bartholomew se tinha envenenado. A senhora Wilson disse que ele passou mal do estômago na segunda-feira, depois que parti, viu o médico na terça, sentiu-se melhor e depois, de repente, mais ou menos caiu morto na sexta."

"Ele entendia de cogumelos? Era comum colhê-los?"

"Assumo a culpa. Sei muito mais do que ele e nunca teria apanhado o fungo relevante por engano."

"Estava delicioso", disse Hywl, que comia depressa, utilizando um adjetivo que, o leitor terá notado, procurei evitar no decurso dessas considerações gastronômicas, históricas, psicoautobiográficas e antropofilosóficas.

"Obrigado. Sirva-se de *croissants* e *confiture*. A viagem pode ser cansativa, pois as estradas em torno do Lubéron tendem a ser ventosas e às vezes são o cenário de tempestades e enxurradas espetaculares, esse tipo de coisa."

Laura tinha comido dois terços de sua omelete e estava começando a comer mais devagar. Lançou um olhar ao marido que dizia claramente: "Vá fazer as malas, gordinho". Hywl se levantou e limpou os lábios cheios de torradas em um de meus guardanapos de linho, murmurando elogios e escusas ao fazê-lo, antes de subir as escadas.

"De que falaram? Da última vez, com seu irmão."

"Há uma frase de Donne de que sempre me lembro, Laura, quando penso em nosso primeiro encontro: 'Por nosso estranho e fatal encontro primeiro'. Em uma das elegias. Não — o último encontro com Bartholomew. Falamos da diferença entre as duas figuras culturais mais importantes do mundo moderno, o artista e o assassino. Disse-lhe que um dos impulsos que está por baixo de toda arte é o desejo de fazer um impacto permanente no mundo, de deixar registro do eu. A capela Sistina expõe muitas coisas, mas uma delas é a simples declaração: Michelangelo esteve aqui. É uma das funções básicas da arte, compartilhadas por um jovem que inscreve as iniciais num banco de parque e por Henry Moore, que deixa aqueles blocos informes dele por toda parte, ou por Leonardo ou por quem seja — embora, já que o menciono, Leonardo, se tivesse tido um pouco mais de vontade de deixar impressão permanente, não teria perdido tempo pintando afrescos em superfícies que não os fixavam ou desenhando máquinas de voar impossíveis de construir. No entanto, o desejo do artista de perpetuar sua memória é tão compreensível como a ação de um cachorro que urina numa árvore. O assassino, no entanto, adapta-se melhor à realidade e à estética do mundo moderno, porque em vez de deixar uma presença atrás de si — o trabalho completo, quer sob forma de pintura ou livro ou assinatura — deixa algo tão final e tão logrado: uma ausência. Onde havia alguém, agora não há. Que prova mais inegável de que se viveu do que a de ter tirado uma vida humana e deixado o nada em seu lugar, com algumas lembranças desvanecidas? Arremeter uma pedra na poça e garantir que não provoca ondulações — isto é, na certa, uma realização maior do que as de meu irmão?

"Disse-lhe, em segundo lugar, que, sob o desinteresse do artista, sua criação de um artefato impessoal e abstrato, existe a brutal determinação de afirmação do ego. Se o primeiro desejo do artista é deixar algo depois de si, o segundo é simplesmente o de ocupar mais espaço, receber uma quantidade desproporcional de atenção neste mundo. A isso se chama, habitualmente, 'ego' , mas o termo é muito mundano para compreender a fúria, o desejo megalomaníaco, a cobiça, a deficiência humana que subjaz à criação de tudo, desde um papel recortado de Matisse até um ovo de Fabergé. Hitler morreu como um pintor fracassado, Mao, como um poeta fracassado — os mesmos impulsos estão presentes na carreira inicial e na final; mas já estamos fartos de ter essa percepção cansativa e assim deixamos de ver seu verdadeiro significado, que não é o de que o megalomaníaco é um artista fracassado, mas o de que o artista é um megalomaníaco tímido, que dá rédeas à esfera fácil da fantasia em vez de enfrentar a arena impiedosa da vida real — Kandinsky é um Stalin fracassado, Klee um Barbie *manqué*. Por que as pessoas não levam Bakunin mais a sério? A destruição é uma paixão tão intensa quanto a criação e é também criativa — tão visionária e assertiva como o ser. O artista é a ostra; o assassino, a pérola.

"Disse-lhe então que o que se segue, e que todo artista sabe, é que aquilo que ele põe na criatividade e dá ao mundo nunca será igualado pela resposta do mundo. O trabalho interiorizado, solitário, monstruoso da criação leva o artista a pensar que ele merece a atenção universal, merece o seu amor. Mas o mundo não se interessa — está muito ocupado em ser o mundo e só ocasionalmente dará seu sinal de aprovação, de interesse. A adulação de um grupo de admiradores aqui, o presente de um mecenas ali, os prêmios e a consideração da platéia — nada disso tem o efeito desejado, nem preenche a carência fundamental do artista, que é a de adoração simples, universal e sem qualificativos. O artista diz ao cosmo: a única coisa que desejo é o amor infinito — isso é assim tão errado? E o cosmo nem se preocupa em dar resposta. O cosmo é a fotossíntese, nuvens de poeira interestelar, horários de ônibus, rebeliões de cadeia, formações de nuvens pi e E. Nenhum dos artistas que viveram, em toda a história do mundo, jamais sentiu uma resposta adequada aos seus esforços. Resultado final: raiva, ressentimento, amargura. Quem construiu a casa de campo no poema de Yeats? 'Homens amargos, violentos.' Está certo. E quem expressa, quem representa melhor essa amargura? O artista ou o assassino? Perguntar é responder.

"E outra verdade que não se pode negar: quem pode dizer que o assassinato não é o ato definidor de nosso século, como outros séculos podem ter sido definidos pela prece ou pela mendicância? Quem pode pôr sua mão em cima do coração e jurar que o gesto característico de nosso século não é o de uma pessoa que mata outra? Cinqüenta milhões de mortos na Grande Guerra e em todas as outras guerras, civis e internacionais, fomes suscitadas pelo homem, assassinatos individuais, assassinatos de esposas, de estranhos, por vingança, por discriminação racial, assassinatos que cometemos sem parar, o assassinato que estamos perpetrando sem sair deste lugar, de indiferença pelos que estão sendo mortos. Posso prosseguir. Cada assassinato contém, em si, todos os assassinatos. Cada ato individual que suprime a vida de outra pessoa é o microcosmo de nosso século, além de se tratar de outra morte a ser somada ao total. Como pode alguma obra de arte competir com isso, ou dirigir-se a isso, ou mesmo atrever-se a existir em face disso tudo?

"E, também, é preciso olhar de frente a naturalidade do ato de matar e a falta de naturalidade da arte. Pintura, música, livros — são tão arbitrários, tão complicados demais, tão cheios de invenções e inverdades, comparados ao ato simples de tirar uma vida humana porque você não quer que alguém continue a existir. Há ocasiões em que o mundo se dá conta disso, ao longo da história mundial. Durante as guerras, por exemplo, a naturalidade do assassinato é estimulada, encorajada, elogiada, cultivada — compreendida. Mas há outros vislumbres, também. Sob o código de Napoleão, matar uma mulher insistente e resmungona quando o mistral estivesse soprando havia sete dias não era considerado crime capital. Isso implica, fascinantemente, a compreensão de que o assassinato de um cônjuge às vezes pode ser, se não ativamente desculpado, pelo menos entendido, explicado, motivo de compreensão e compadecimento — em outras palavras, que o assassinato é, de alguma forma, natural. Como diz Confúcio, sob certas circunstâncias pode-se perdoar um assassinato; mas nunca a falta de razão. Existe algo de mais razoável do que permitir a expansão de seus próprios impulsos? Certamente não as contorções e o esforço do sacerdócio auto-imposto do artista, cuja tentativa de ser permanente e objetivo é, no fundo, uma negação de nossa humanidade comum. Na Roma dos césares, onde se permitia o livre florescimento da natureza humana e não se coibia a expressão dos sentimentos, o assassinato era endêmico — Augusto foi envenenado por Lívia, que assassinou seu sobrinho Germânico, as irmãs e quem quer que lhe cruzasse o caminho; Tibério fazia o mesmo; Calígula estuprava e matava à vontade; Cláudio foi envenenado pela mulher, Agripina. É essa a realidade da natureza humana.

"Além do mais, a distinção entre o feito e o pensamento é ridiculamente estendida em nossa cultura. Cristo tinha razão: se você olhar para uma mulher com desejo, cometeu adultério. Se tem o desejo de matar em seu coração, já matou. Todos os que sentiram um impulso assassino estão próximos, muito próximos do ato em si; o espaço que existe entre o ato e a idéia é fino como um papel de cigarro. A ciência nos diz que as experiências sonhadas são, em termos de química do cérebro, tão 'reais' como os eventos exteriores; então, talvez todos os que tenham pensado em matar mataram, no sentido real. Em todos os regimes tirânicos se entendem essas coisas. Lá, as pessoas são eliminadas não porque conspiraram contra o tirano, mas porque pensaram em conspirar, ou tinham cara de que poderiam fazê-lo. Todos os tiranos sabem que devem matar não a rebelião, mas a idéia de rebelião; mesmo a possibilidade da idéia. Matar a esperança e a imagem da esperança. Não há obra de arte que chegue tão perto do coração humano. E todos matam seus pais, de qualquer maneira. Vivemos mais do que eles, nós os superamos e os matamos com nossa mera felicidade. E se não o fizermos, então é porque eles nos mataram. Aí perguntei a Bartholomew: 'Dei a você razões suficientes?' "

Hywl tinha estado parado na porta da cozinha por não sei quanto tempo, as duas malas de lua-de-mel que me eram familiares distribuídas entre as mãos vermelhas e roliças. Segurava as malas no alto, como se fosse provocar uma explosão se as deixasse no solo. Disse, com ar importante:

"Está na hora de partir, querida."

"Que disse seu irmão?", perguntou Laura.

"Disse: 'Razões para quê?' "

Falamos da banalidade das partidas. As despedidas e separações, acho, nunca chegam a cumprir a promessa de drama que anunciam. Os seres humanos (acho outra vez) tendem a sofrer a quantidade equivocada de emoção, ou mesmo a emoção equivocada, de maneira que a vida acaba sendo um processo interminável de líquidos derramados e distribuídos entre continentes mal desenhados, errados de cor e de forma, do tamanho errado. De todos os talentos humanos, o mais bem distribuído é o dom da incongruência. No enterro de meu irmão, um vento forte de Norfolk nos trazia ondas de comentários sobre futebol, do jardim do prédio onde ficava a casa do pároco; este agora vivia num apartamento na cidade, e o antigo vicariato pertencia a um procurador que jogava golfe e a seus filhos adolescentes quase delinqüentes. Ao lado do túmulo de meu irmão (sua celebridade compeliu ou seduziu o vigário a permitir que fosse enterrado no caixão, num cemitério oficialmente cheio e acessível apenas para a deposição de cinzas, de forma que o acontecimento gerou controvérsia e um sólido ressentimento em Norfolk), elegante no terno preto recém-adquirido (comprei-o em atitude de consciente desafio da máxima de Thoreau que recomenda cautela em face de qualquer empresa que exija trajes novos — pelo contrário, devemos maximizar todos os esforços para procurá-las), preparado para deixar cair uma única orquídea preta no caixão dele, com vários admiradores, *apparatchiks*, jornalistas e ex-esposas atrás de mim, competindo uns com os outros pelo privilégio de deitar um pouco de terra sobre o caixão, ouvi mais uma vez o comentário futebolístico, que atingiu o auge da histeria masculina, um clímax de imbecilidade excitada, enquanto os xucros se vingavam da derrota, no ano passado, nas mãos dos idiotas e a flor, encomendada com dois dias de antecedência do florista Wyckham, caía de meus dedos manicurados.

Minhas despedidas de Laura e Hywl não escalaram/mergulharam as mesmas alturas/profundezas, mas foram mais britanicamente insatisfatórias. Hywl arrumou as malas no fundo do Fiat alugado enquanto Laura e eu permanecemos face a face como se estivéssemos formalmente nos convidando a dançar. Tocar ou não tocar. Hywl deu a volta e apertou minha mão, com uma sacudidela previsivelmente enfática, antes de se retirar diplomaticamente para sentar-se no assento do passageiro. Laura e eu demos um passo em direção ao outro simultaneamente, com a mesma combinação de deliberação a ceder lugar à pressa, de forma que nossos narizes quase se tocaram. Trocamos um beijo, nossos lábios a se aflorarem nos cantos; os delas estavam surpreendentemente secos.

"Muito obrigada", disse.

"Não agradeça."

Ela entrou no carro, ajustou o assento e o espelho antes de se afivelar com um gesto rápido. Deu partida no motor e abriu a janela.

"Obrigada, outra vez."

Não disse coisa alguma, mas apenas ergui a mão num aceno de bênção, e assim a mantive enquanto ela retrocedia cuidadosamente pelo portão para tomar o caminho que leva à aldeia, o marido tendo inclinado a cabeça para a frente para alguma nauseabunda consulta ao mapa. Fiquei de pé, perto do portão, com a mão erguida, e os vi descer a estrada estreita, levantando atrás de si uma esteira esfumaçada de pedregulhos. Dentro de um instante passariam à frente do local projetado e controvertido do novo depósito de entulho municipal. Conhece aquela sensação de quem comeu metade do biscoito e deixou a outra num lugar de que não consegue se lembrar, de modo que resta uma sensação de inacabado, de trabalho incompleto, uma comichão que você nem sequer pode coçar? E depois existe outra sensação, de quando se fez alguma coisa suja, poluidora e excrementosa com as mãos e ainda não foi possível lavá-las e você tem que pensar muito bem e mesmo assim não consegue se lembrar direito do que foi que aconteceu e lhe fez sentir-se assim maculado e a única certeza que conserva relaciona-se a uma nódoa persistente. Voltei a casa. Quando a alcancei, o casal assassinado tinha dobrado a esquina da estrada principal, deixando atrás de si uma nuvem baixa de pó que começava lentamente a se depositar.

ESTA OBRA FOI COMPOSTA PELA HELVÉTICA EDITORIAL EM GARAMOND E IMPRESSA PELA PROL EDITORA GRÁFICA EM OFF-SET SOBRE PAPEL PÓLEN SOFT DA COMPANHIA SUZANO PARA A EDITORA SCHWARCZ EM OUTUBRO DE 1996.